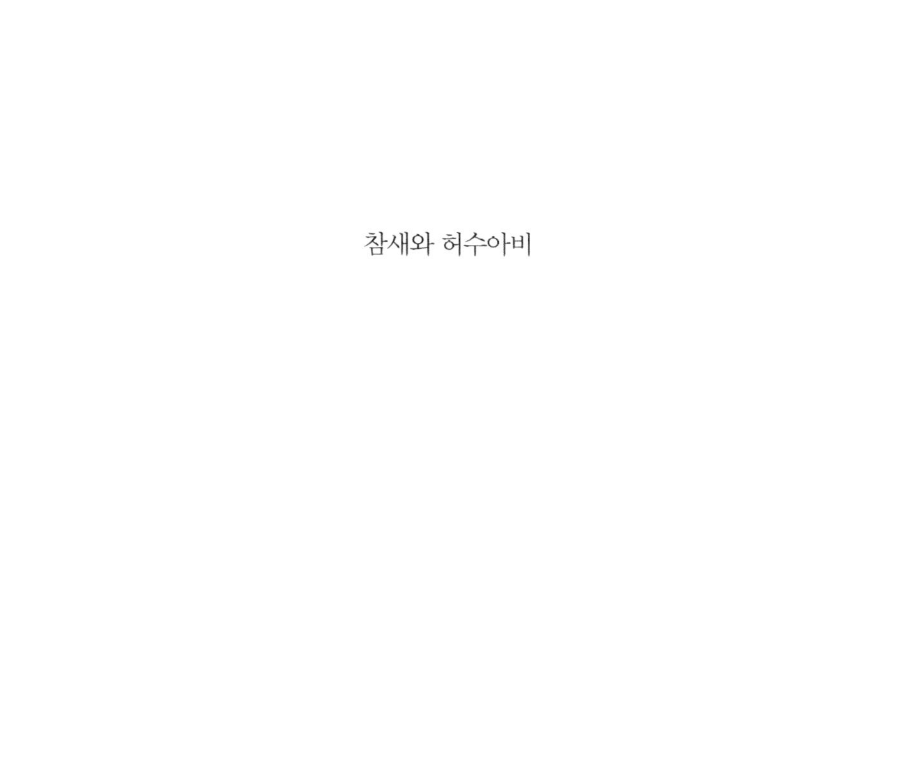

참새와 허수아비

김종대 장편소설

참새와 허수아비

초판 1쇄 인쇄일 2017년 7월 13일
초판 1쇄 발행일 2017년 7월 20일

지은이 김종대
펴낸이 양옥매
디자인 남다희
교 정 임수연

펴낸곳 도서출판 책과나무
출판등록 제2012-000376
주소 서울특별시 마포구 방울내로 79 이노빌딩 302호
대표전화 02.372.1537 **팩스** 02.372.1538
이메일 booknamu2007@naver.com
홈페이지 www.booknamu.com
ISBN 979-11-5776-451-8(03810)

이 도서의 국립중앙도서관 출판시도서목록(CIP)은 서지정보유통지원 시스템 홈페이지(http://seoji.nl.go.kr)와 국가자료공동목록시스템(http://www.nl.go.kr/kolisnet)에서 이용하실 수 있습니다.
(CIP제어번호 : CIP2017016495)

·김·종·대·장·편·소·설·

참새와 허수아비

책과나무

책을 쓰다

작년에 연하장 하나를 받았다. '小貪大失'이라고 한문으로 쓴 글귀였다. 그리고 금년에는 '생각하는 사람이라야 나라가 산다'라는, 같은 사람이 붓으로 쓴 친필 연하장을 또 받았다. 발신인을 쓰지 않으니 나를 너무 잘 아는 친구 같기도 하고 그렇지 않은 것 같기도 했다. 어쨌거나 그 연하장을 통해 한 노인의 나라를 걱정하는 마음을 나는 읽은 거다.

내게는 사랑하는 아내와 친구가 있으며, 기쁨과 희망을 주는 아이들이 있고, 또 이웃과 같이 사는 동네, 고향, 나라가 있다.

돌아보니 우리가 살아온 지난날이 그래도 부끄럽지만은 않아 변명처럼 길게 답을 해 본다.

나만 깨끗하고 나만 옳으면 된다고 생각하며 살았다. 이제 나라를 걱정하는 노령이 되었다. 욕심내지 말고 얼마 남지 않은 생을 또 그렇게 살아가리라 다짐을 한다.

2017년 인천 하늘마을에서 쓰다

김 종 대

•

까뮤의 이방인은 강렬한 태양 때문에 살인을 하지만

이 소설은 깨끗지 못해 부패한 세상에서

혼자만이라도 깨끗한 사람이고자

많은 사람들의 축복을 받으며 하늘로 올라간다

•

·김·종·대·장·편·소·설·

참새와 허수아비

참새와 허수아비

1

오늘 아침에 나는 고등학교 동창회 총무로부터 친구인 서중광의 아버지가 별세하셨다는 부음을 스마트폰으로 받았다. 여름내 입었던 철 지난 짙은 청색 정장을 꺼내 입는다. 흰색 와이셔츠에 검은색 넥타이 대신 짙은 청색 넥타이를 맸다. 서둘러 마을버스를 타고 부천역으로 향했다. 부천역에서 1호선 전철을 타고, 서울역에서 4호선으로 갈아탔다. 혜화역에서 내려 목적지인 서울대병원 장례식장으로 발걸음을 옮긴다.

총무가 문자로 알려주었듯 제5호실에 이르니 입구 양 옆으로부터 나보다 더 큰 조화가 빼곡히 줄을 이어 길게 서 있었다. 마치 군대에서 사열을 받는 기분이 들면서 상주를 만나기도 전에 기가 죽었다. 더욱이 조화 리본에 쓰여 있는 알 만한 유명기업의 명칭이며 보낸 사람들의 이름 석 자에 더더욱 기세가 꺾여 문상도 하기 전에 스스로 자세를 가다듬는다.

접수부로 들어선다. 접수부에 앉아 있는 사람이나 상주나 상주 가족들이나 문상객들이 모두 검은색 옷을 입고 있어 침울해 보였다. 나는 새삼스럽게도 별명이 '가루통'이던 중학교 때 미술을 가르치던 윤치중 선생님이 색의 배합을 가르칠 때 했던 말이 떠올랐다. 열두 가지 색깔을 모두 섞으면 검은색이 되지만, 회전판에 12색을 색동처럼 칠해 놓고 돌리면 흰색이 된다고 했다. 그러니 검은색은 죽은 색이고, 흰색은 여러 가지 색을 살아 움직이게 하는 바탕색이라 했다. 그래서 그런지 요즘은 죽음을 뜻하는 저승사자의 옷도 검은색이고, 망자를 기리는 문상객들도 검은색의 옷을 입는 모양이다. 하지만 예전에는 소복을 하고 옆 사람도 눈물이 나도록 슬프게 울었다. 그래서 문상이 있을 때마다 하는 생각이지만 검은색보다는 밝은색으로, 보통 때처럼 색깔이 있는 옷을 입고 싶다. 그러나 나만이 튀는 것도 싫어 남들이 하는 대로 검은색에 가까운 여름내 입었던 진한 청색 양복을 입고, 흰색 와이셔츠에 검은색 넥타이 대신 문상 때마다 하던 진한 청색 넥타이를 맨다. 내 생각엔 여전히 검은색보다는 흰색이 더 슬픈 색인데도 말이다.

나는 접수부에 펼쳐놓은 방명록에 진성원이라고 내 이름 석 자를 한글로 쓴다. 방명록 앞에 앉아 있는 사람이 나를 올려다보면서 옆의 큰 화병에서 국화 한 송이를 뽑아준다. 나는 두 손으로 국화를 받쳐 들고 고인의 영정이 있는 앞으로 걸어가 공손히 바친다. 그러고는 누런 향에 불을 붙여 분향을 하고 두 손을 모으며 무릎을 꿇는다.

“아버님, 좋은 곳으로 가십시오. 살아 계실 때야 장군님이셨지만 이제는 한 줌의 흙으로 돌아가시는 것입니다. 사람이라면 누구나 가야 하는 길입니다.”

내 우편으로 상주인 서중광과 그의 아들들, 그리고 한참 옆으로 그의 아내가 중광의 여동생과 같이 검은 옷차림으로 문상객들을 맞이하고 있었다.

나는 한 번 더 망자의 영정을 올려다본다. 사진 속 망자는 훈장의 약장을 왼쪽 가슴을 다 가리도록 달고 육군 장군의 준엄한 표정이다. 그 얼굴을 보니 고등학교 때 패거리 지어 놀기만 한다고 우리들을 꾸짖으시던 음성이 들리는 것 같았다.

“공부는 안 하고 놀기만 하더니, 무엇이 돼 살고 있느냐? 졸병은 면했더냐?”

이렇게 꾸짖는 것 같아 나는 얼른 상주인 친구 앞으로 몸을 틀어 선다. 아들 둘이 나의 얼굴을 유심히 쳐다본다. 중광의 아들 둘은 긴장했다. 중광의 아내와 함께 문상객들에게 음식을 나르며 허리를 굽혀가며 인사하던 중광의 여동생이 중광의 아내와 같은 시선으로 나를 바라다보더니 아는 체를 한다. ‘다 늙어서 이제야 우리 세상이 됐어요.’라는 듯 미소를 머금은 눈빛이다. 나는 선 채로 상주인 친구와 그의 아들들하고 일일이 악수를 하며 위로했다. 그러고는 문상객들이 삼삼오오 식탁에 둘러앉아 음식과 술을 마시고 있는 좌석들을 둘러본다. 그들 사이에서 간혹 조용한 웃음소리가 새어 나온다. '호상'이라는 말이다. 나는 먼저 와 술을 들고 있는 우리 패거리들의 좌석을 찾아간다.

"소방대장! 성원이 너 오랜만이다. 정년하고 사업한다며?"

"그래. 나도 사장 한번 해보고 싶었다. 왜, 소방관은 사장하면 안 되냐?"

"그게 아니고…. 사업은 잘되는지, 집은 어딘지 묻는 거다."

"그래. 사업은 그럭저럭 하고 있고, 집은 고향으로 내려가 산다. 됐냐?"

"넌 신촌 촌놈 아니냐? 그런데 아직도 신촌에 산다고?"

"이 나이에 어디 살든, 이렇게 올 때 오고, 갈 때 가면 그만이지. 촌놈이든 서울 놈이든 죽을 때가 다 됐는데, 뭘 따지냐? 중광이 아버님 연세나 따져보자!"

"아흔여섯이시란다. 다 아는 얘기지만 중광이 어머님은 명륜동 대갓집의 민며느리셨잖냐. 아무튼 호상이니 앉아 술이나 마시자."

친구들은 모두가 슬픈 표정은 아니다. 나는 친구들의 손을 일일이 잡으며 악수를 한다. 그리고 악수하기 위해 굽혔던 허리를 펴고 앉으려는데, 바로 건너 테이블에 앉은 여러 명 가운데 너무도 오랜만인 초등학교 동창생인 김규환의 얼굴에 나의 시선이 멎는다. 나는 마치 이산가족의 상봉처럼 반가움에 떨면서 또래의 남자들과 합석을 한 그에게로 달려가 손을 내밀었다.

그는 내가 한 때 좋아하던 한오연이라는 여자의 외사촌오빠다. 그녀는 규환이와 같은 나이지만, 규환이가 일곱 살에 입학하는 바람에 나의 초등학교 한 해 후배다. 그러니까 규환이는 나보다 한 살 아래인 셈이다.

"김규환. 너 오랜만이다."

나는 손을 내밀어 그의 손을 덥석 잡는다.

"어, 그래. 성원아"

그는 앉은 채로 나의 손을 잡는다.

"그래. 이게 얼마 만이냐. 너 지금 어디 사니?"

내 손에 약간의 떨림이 전해진다.

"인천에 산다. 오연이도 인천에 산다."

"뭐? 캐나다에 산다고 그랬잖냐?"

"아니, 오래전에 귀국했지."

"……."

그와 나는 친구지간이고 나눌 얘기가 무궁무진한데, 왜 대뜸 오연이의 얘길 끌어다 붙이는지? 오연의 얘기로 말하기 싫은 자기 얘기를 덮어보려는 의도에서였을까?

사실 나도 그의 얘기보다는 그를 보는 순간 오연이에 대한 궁금증이 발동했었다. 그래서인지 나는 다음 말을 곧 잇질 못한다. 나와 그와의 관계는 친구관계를 떠나 오연이를 두고 어쩜 처남 · 매부지 간이 될 수도 있었던 가까운 사이였는데. 어쩌면 그냥 서서 짧은 질문과 대답으로만 주고받는다는 게 너무도 어색하기 때문에서인지도 모른다. 결국 나는 그의 옆으로 가 앉기를 포기한다. 술이라도 마실 수 있다면 그들 틈에 끼어 술잔을 주고받으며 틈틈이 오연이 얘길 들으면서 어색한 기분도 풀어가겠는데. 하는 수 없이 나는 선 채로 지갑을 꺼내 나의 연락번호가 적힌 명함 한 장을 그에게 내밀었다.

"언제 한번, 연락하고 만나자."

그는 일어서지 않는다.

"그래. 동창모임에 나가지 못해 미안하다. 오연이가 네 얘길 물었는데, 이제 곧 만나게 되겠지."

하면서 그도 습관화된 동작으로 명함을 한 장 내밀며 나의 것을 받는다. 나는 돋보기를 쓰지 않은 채 그의 명함을 본다. 큰 글씨로 덕원건설 사장 김규환이란 글씨가 흐릿하게 눈 안에 들어온다. 나는 허리를 일으켜 그의 명함을 주머니 속에 넣으면서 친구들이 먼저 자리 잡은 쪽으로 돌아와 앉으면서 흘깃 그쪽을 바라본다. 그도 나를 바라보고 있었다.

'오연이가 인천에 산다고?'

2

김규환을 만난 지도 어느새 열흘이 지났다. 그러나 그에게서도 오연이에게서도 연락이 오질 않는다. 세상이 너무 각박해졌나 보다. 그래도 정이라는 게 있는 법인데. 요즘 세상에서 정은 의미 없는 것이 되었나 보다. 그런데 나도 참 이상한 것이 50여년이 넘도록 아무 소리 없이 서로가 떨어져 살았으면서, 새삼스럽게 그녀가 왜 궁금한 것일까?!

밖은 아침에 낀 안개가 흩어지지 않아 시야가 흐리고 답답하다. 아무튼 오연일 다시 만나면 무엇인가 달라질 것 같은 기대감이 나를 자꾸 혼돈 속으로 몰고 간다. 그 옛날 약속시간에 5분 늦었던 때 조금은 떨리는 마음으로 그녀 앞에 서서 '시간을 지키지 못해 미안하다'며 고개를 떨구던 기억이라든가, 어느 날 갑자기 '우리, 대학 마치고 취직한 다음에 만나자.' '그래. 너 군대 갔다 오고, 정확히 5년 후. 오늘 날짜에 신촌역에서 만나자.' 하고 헤어지던 그때의 오연이가 내 눈앞을 가로막고 어른거린다. 멀어졌던 시간들이 고무줄이 다시 줄어들 듯 내 눈앞에 다

가선다. 나는 지금 그 옛날이 그리운 거다. 그 까닭은 더는 젊어질 수 없는 나이가 되어서일 게다.

버스를 타면 가끔 여학생이 '할아버지, 여기 앉으세요.'라며 일어설 때가 있다. 난 그럴 때마다 소스라치게 놀라며 내 얼굴에 주름을 더는 감출 수 없는 현실을 절감한다.

그때 오연의 말대로 대학을 졸업하고 군에 갔다 오고 취직을 한 후, 신촌역에서 떳떳하게 만났더라면 이처럼 그녀가 보고 싶지는 않았는지도 모른다.

그래. 그 옛날이 그리운 건 미련 때문이다. 그리고 늙으면 고향을 찾는다지만 미치지 않고서야 땅 한 뼘도 없는 고향에 맨몸으로 오는 사람이 어디 있을까? 출세를 하여 유명 인사가 돼 돌아온 것도 아니고. 아내의 말대로 알량한 미련 때문일 게다.

안개가 서서히 걷히기 시작한다. 밖이 환하여 온다. 내가 어디에 있는지도 분간할 수가 있다. 어느새 점심때가 되었나 보다. 24시간 만에 교대하는 직장에서 30여 년을 똑같은 시간에 밥을 먹다 보니 시계를 보지 않아도 때가 되면 뱃속에서부터 시장기가 먼저 발동을 한다. 퇴직 후 차린 사업이라도 잘해 나가려면 부지런히 사무실에 나가야 하는데 일거리가 많지 않다는 핑계로 서두르지 않았더니 어느새 점심때가 되었나 보다. 일어서야지. 병원에도 들르고 오연이로부터 연락을 받으려면 아내 곁에서보다는 한적한 사무실이나 밖이 좋을 거다.

아내는 목요일이라 시흥시복지관 부근 공터에서 목요일마다 열리는 장터에 간다. 인근 농촌에서 직접 농사한 무, 배추며, 고추, 상추, 콩이며 팥 등을 무더기로 쌓아 놓고 파는 시골 아낙네들은 아직도 덤을 준다. 아내는 그것이 좋아 자주 그곳을 찾는다. 나는 시흥시 아파트단지에 있는 은행동버스정류장에서 영등포로 가는 버스를 기다리며 온갖 상념에 빠져버린다.

3

한오연과 내가 인연을 맺게 된 것은 첫 번째로 열리던 초등학교 동창회에서다. 그러니까 초등학교를 졸업한 지 8년이 채 되기 전인 초겨울이었다.

학교는 증축을 하여 커졌지만 책상과 걸상은 예전보다 작아 보였다. 모임의 동기는 세월이 더 흐르기 전에 제1회 졸업생들이 제5회 졸업생까지 모이도록 하기 위해서였다. 그렇게 해서 총동창회의 창립총회가 열린 것이다. 그런 모임이었기에 식순에 따라 조용히 식순을 기다리고만 앉아있는 게 아니라 옆 사람과 이야기를 하거나 동기생을 찾아 끼리끼리 뭉치려고 왔다 갔다 하는 사람들로 떠들썩하고 혼란스럽다. 그런 가운데도 이미 짜인 틀에 맞추어 식은 척척 진행되어 간다. 회칙이 낭독되고 회장이 선출되었으며 총무가 뽑혔고, 그때마다 박수가 터져 나왔다. 회장의 인사말에 이어 뽑힌 임원들이 사회자 호명에 따라 교단 밑으로 줄지어 서자 또 한 번의 박수가 터진다.

그러는 가운데 졸업생들은 각기 자기네 동창 안내 푯말 주변에 모여 앉아 이야기에 빠져들었다. 식순에 따라 드디어 끝으로 여흥시간이 되었다. 주로 노래를 불렀는데, 제1회 졸업생들로부터 시작하여 제2회 졸업생으로 이어져 서로 지목하여 이어졌다. 2회가 끝나기도 전에 우리 동기인 건너 마을의 한용진이 갑자기 제3회인 한오연을 지목했다. 그녀는 입술에 루즈나 로션도 바르지 않은 얼굴이다. 내 건너편에 그녀가 자리를 하고 있어서 그녀의 일거일동이 내 눈 안에 또렷이 들어왔다. 그녀가 어떤 노래를 불렀는지는 기억이 나지 않는다. 다만 그녀가 노래를 마치자마자 앞에 앉아 있던 한 회 선배인 내 이름을 서슴지 않고 불렀던 순간만큼은 뚜렷하다.

"진성원 씨! 우리 은수초등학교에서 최고의 성적으로 명문 S중고등학교를 거쳐 지금 S대에 재학 중인 진성원씨의 노래를 듣고 싶습니다. 일단은 박수로 맞읍시다. 박수~"

나는 깜작 놀랐고 그녀를 바라보면서 벌떡 일어선다. 박수소리가 연이어 크게 난다. 오연이의 얼굴에 멎었던 나의 눈초리가 전후좌우로 움직인다. 우리 동기에서 차기로 넘어가나 했더니 오연이가 다시 역순으로 나를 지명한 것은 순서를 벗어난 것이다.

나는 잠시 머뭇거리다가 중학교 때 서준수 선생님이 가르쳐주신 러시아 민요 '스텐카 라진(볼가 볼가)'을 부르기 시작했다.

넘쳐 넘쳐 흘러가는 볼가강물 그 위에
스텐카 라진의 배에선 노래 소리 들린다

페르샤의 영화의 꿈 다시 찾는 공주의
웃음 띤 그 입술에선 노래 소리 드높다

4

페회가 선언되고 아쉬운 작별의 시간이 되었다. 동문들은 흩어져 밖으로 나온다. 운동장으로 내려가는 계단 옆 나무 아래서 오연이가 내 쪽을 바라보고 있는 것이 눈에 띈다. 나는 오랫동안 못 만났던 친구들과 더 머무르고 싶었지만 서서히 오연이에 대한 호기심이 마음속에서부터 일기 시작했다. 나의 발길은 어느 사이에 그녀에게로 향한다.

"저도 지난봄에 Y대에 들어갔어요. 신촌에 사신다는 소문은 들어 아는데. 우리 이젠 신촌에서 만날 수 있겠네요."

그녀가 먼저 말을 걸어온다.

"그래요. 우리 신촌에서 한 번 만나요. 광화문에서 만나든지. 아니 그러면 중리에서 통학해요?"

"아뇨. 아현동에 방을 하나 얻어 자취를 하고 있어요. 친구하고 같이 지내다가 지금은 혼자 지내요."

그녀는 야릇한 미소를 지으며 혼자라는 말을 강조한다.

"잘했네요. 여기서 통학하긴 좀 어렵지요?"

"참. 성원 씨 마을에 지석인 안 보이데요. 고 녀석 참 잘 생겼는데."

"갑자기 지석인 왜? 그 앤 아직 중학교도 안 들어갔을 텐데요."

"재작년인가 규환이 막내 동생, 규철이 졸업식 때 졸업생들에게 바치는 화환을 들고 나오는 걸 보고 한눈에 나 반했다는 거 아닙니까! 성원 씨와도 많이 닮았고. 중학생은 됐을 텐데요. 진성환 씨의 마지막 작품 아니겠어요?"

오연인 나에게 향했던 눈 끝을 학교 뒤쪽에 있는 지석이의 집께로 옮기면서 그렇게 말한다. 마지막 작품이란 말은 지석이네 10남매 중 막내라는 말이었다. 그런데 왜 이때 7, 8년은 후배인 지석일 끌어들인 그 속내는 밝히지 않았을까. 마치 빈말을 던지듯 말이다.

"그 앤 한 7, 8회쯤 돼 참석 못 하지 않았나."

그러면서 나는 내 신촌집의 주소를 적어주고는 바로 그녀와 헤어졌다. 많은 동창들이 오랜만에 만난 단짝들과 회의식장에서 이야기를 하다가 하나둘씩 흩어져 나오고 있었다. 그들의 많은 눈총에 밀려 그녀와 더 이상 한 자리에 머무를 수가 없다. 또 쓸데없는 소문을 낳을 수도 있겠다는 생각이 번뜩 들기도 했다.

찬바람이 불어 날씨가 쌀쌀했지만 하늘은 파랗고 깨끗하다. 학교 앞 신작로를 따라 멀리 저수 둑이 저수 물을 타고 지평선처럼 긴 선을 그리고 있었다. 물 가장자리에 듬성듬성 둘러앉아 낚싯줄을 늘어뜨리고 있는 강태공들의 모습들을 바탕으로 학교 앞 내동마을이며, 오류동으로 향하는 신작로를 따라 저수지 가로 나왔다. 그 뒤로 우리들의 학교도 마을의 집들도 그리고 학교 뒤에 있는 십자가를 머리에 이고 있는 교회당도 예전에 내가 살던 초가를 모두 벗어버리고 나름대로 새로운 유행의 색채로 옷을 바꿔 입고 있다. 예전의 아름다운 자연의 색만은 못하지만 나의 머릿속에는 서울의 콘크리트 색과는 비교할 수 없는 여전히 아름다운 풍경이다.

나는 오연이가 그녀의 고향마을 중리를 향해 걸어가는 뒷모습이 사라진 뒤에도 한참 동안이나 변한 고향마을을 멀리 한 바퀴 돌리면서 바라보았다. 그러다가 내가 사는 신촌을 가기 위해 어쩌다 지나가는 시골버스를 기다리며 오류동 쪽을 향해 걷는다. 공기는 여전히 맑고 시원하다.

5

초등학교 총동창회 창립총회 이후 오연이가 자취방을 아현동에서 신촌으로 옮겼다. 우리는 한동네에서 살게 되었다. 그때만 해도 신촌은 작은 동네였다. 그 안에서 자주 만나다 보면 젊은 대학생들이 연애질이나 한다고 소문이 날 것 같았다. 그래서 우리는 주로 광화문 네거리 부근에 있던 프린스제과점에서 만났다. 길 건너엔 덕수제과와 책방 숭문사가 있었고, 그 뒤로는 멀리 중앙청이 보였다. 서울의 중심부, 일류대학생, 한없는 꿈을 키우던 그 시절이었다. 매주 수요일 저녁 6시, 우리들은 연인이 돼 그곳에서 만났다. 몇 번째 수요일인지는 기억나지 않지만 그녀를 만나기 위해 신촌역 앞에서 버스를 타고 이대 앞을 지나 아현동 고개를 넘어 광화문에서 내리려는데 버스 창문을 통해 종소리가 들려왔다. 그 종소리는 아마도 수요저녁예배에서 부르는 정동교회의 종소리 같았다.

6시 정각부터 울리는 종소리. 프린스제과점 앞에 도착했을 때에도 그 종소리는 울려댔다. 제과점 안으로 들어가 30분이 지나도 오연인 나타나지 않는다. 화가 난 나는 일어서 제과점 밖으로 나간다. 숭문사 쪽으로 길을 건너 신촌으로 가는 버스정류장을 향해 급하게 걷는다. 오연이의 얼굴이 눈앞에 크게 떠오른다. 기다리는 버스는 쉬이 오지 않는다. 화는 점점 더 높이 쌓여간다. 이윽고 신촌으로 가는 버스가 온다. 나는 재빨리 버스에 오른다. 그녀를 만나 약속을 지키지 않은 이유를 따져야 한다.

신촌역으로 내려가는 넓은 신작로 길 좌측으로 바람산 밑 한옥이 줄지어 있는 곳에 가면 그중 조금 낡은 집 문간방에 오연의 자취방이 있었다.

그리고 그 집에 가기 전에 길 바른쪽으로 작은 시장가에 우리집이 있다. 나는 우리 집 곁을 지나 전등불이 켜진 그녀의 문간방 영창 문을 가볍게 두드린다. 그녀는 대문을 열지 않고, 태연스럽게 창문을 살며시 열고는 뽀얀 얼굴을 내밀며 오히려 화를 낸다.

"여자와 약속하면 늦어도 10분 전엔 나와야 되는 거 아냐!"

화난 음성이다.

"왔었다고?"

"그래. 20분을 앉아 있다가 6시. 종소리가 나기에 일어섰다. 약속을 하고 그렇게 기다리게 하는 법이 어디 있어!"

"아니, 좀 더 기다리면 덧나니!"

"덧나긴. 집을 아는데 뭐. 버릇 좀 고쳐주려고 했지. 또 빵값도 굳고……. 왜 그래? 화났어? 추운데 들어오기나 해."

그녀는 아무렇지도 않은 듯 창문을 닫더니 대문을 연다. 두꺼운 소나무의 한옥 대문은 '끼익' 하며 소리를 낸다.

우리는 그렇게 광화문에서 만났고, 나는 더러 그녀의 자취방을 찾아들었다. 그 해 겨울은 몹시 추웠지만 〈그 해 겨울은 따뜻했네〉라는 영화의 제목처럼 그녀의 자취방 아랫목은 늘 따뜻했다. 그래서 오연인 걱정이 앞섰나 보았다.

"우리 이렇게 가다간 속도위반하는 게 아닐까. 속도위반은 안 되지. 우린 아직 학생인데 포옹까진 몰라도……."

"뭐. 포옹까진 몰라도!"

나는 방안의 외풍을 핑계로 그녀를 꼭 껴안았다. 그녀는 어깨를 움츠리며 가만히 있었다. 두 몸이 따뜻해 왔다. 뭐 포옹까진 몰라도…….

그리고 어느 날, 우리는 여느 날과 같이 그녀의 자취방 아랫목에 깔아놓은 포대기 속에 나란히 발을 묻고 이야기를 나누면서 추위를 녹였다. 그날따라 아궁이의 연탄불이 고온의 불길로 타고 있을 때였나 보다. 방바닥의 온도가 따스하다 못해 뜨겁도록 올라가면서 나의 체온이 따라 올라간다. 오연이의 얼굴도 벌겋게 달아올랐다. 나는 그만 그녀의 스커트를 걷어 올리고 말았는데, 돌발적인 나의 행동을 예상 못해 그랬는지 그녀의 목소리가 커진다.

"이러면 안 되는 거잖아. 약속 위반이잖아!"

하면서 더 깊이 더듬으려는 내 손을 또 잡는다. 그러나 나의 손을 뿌리치지는 않는다. 나의 눈은 그녀의 팬티로 옮겨간다. 그리고는 그녀의 검은색 스커트를 다시 내린다. 나의 얼굴은 불그레졌고 눈은 놀란 토끼의 눈이 되고 만다. 어찌된 일인지 그녀는 내가 예상한 예쁜 여자팬티를 입은 것이 아니라 앞이 툭 터진 남자의 사각팬티를 입고 있는 것이 아닌가. 나는 거의 큰 소릴 지를 뻔했지만 목소리는 밖으로 나오지 않았다.

'이럼 안 되지. 약속을 어기면 안 되는 거지.'

나는 벌떡 일어서고 말았다. 그녀의 팬티가 레이스를 단 분홍색의 팬티였음 나는 그 팬티를 벗겨버리고 '안 되지!'란 구호를 입속으로 지르지 않았을 텐데. 그녀는 왜 남자의 팬티를 입어 순간적으로 나에게 금기 같은 느낌을 주게 한 것일까? 그녀의 집엔 아버지 말고는 남자라곤 없는데.

"잘했어. 우리 결혼하고 신나게 놀자. 그래 지석이 같이 잘생긴 아들 하나 낳자. 그럼 됐지?"

오연이가 일어서면서 쑥스러운지 말을 더듬거린다.

"내가 또 약속을 어길 뻔했네."

나는 선 채로 팔에 힘을 주어 오연일 꼭 끌어안았다.

팬티사건이후에도 나는 아무렇지도 않게 그녀의 자취방을 드나들었다. 결혼 전까지 순결을 지키기로 한 약속을 지켰기 때문이다. 그 바람에 광화문에서 만나는 약속도 파기되지 않았다. 그렇게 그해 겨울을 따뜻하게 지냈다. 겨울방학이 되자 오연이는 고향에 내려갔다. 그 이듬해 다시 개학을 하면서 하나밖에 없는 여동생 성숙이가 E대에 합격했고 그 이후 나의 운명은 달라지기 시작한다. 그리고 오연이의 행동도 갑자기 달라졌다.

오연이는 내게 더 이상 만나지 말자고 했다.

"우리 졸업하고 취직해서. 그러니까 네가 군대에도 갔다 오고, 그래 5년 후 오늘 이 시간에 신촌역에서 만나자. 꼭 만나자. 약속할 수 있지."

6

그리고 그 후 우리는 서로의 얼굴이나 어떠한 목소리도 듣지 못했다. 그렇게 50여 년의 세월이 흘렀고, 중광이 아버님 장례식장에서 규환이를 만나 서로명함 한 장씩을 나눈 후에도 그나 오연에게서 한 통의 전화도 없다. 강산이 다섯 번 바뀌는 오랜 세월 동안 서로간의 정이 메말라 버렸나 보다.

나는 오연일 만나기 전에 아내에게 그들의 얘기를 해야 한다고 생각했다. 규환이는 우리가 개봉동에 살 때 하룻저녁 자고 간 적이 있어 아내가 이미 알고 있는 사이다. 그리고 오연이는 내가 가정을 꾸린 후 고생할 때마다 어머니가 푸념처럼 아내에게 해댔던 얘기의 주인공이다.

“네 남편은 지 눈 찍어 앞을 못 보게 된 거다. 네들은 물러터진 사람끼리 만나 고생하는 거다. 똑소리 나는 중리 애와 결혼을 했더라면 이 고생은 하지 않아도 되는 건데 말이다. 시골사람이 말 타고 농사지을 정도면 얼마나 부자인지는 알겠고, 거기다 딸만 있는 집 막내딸이니 성원이가 직업이 없다손 치더라도 이렇게 고생은 하지 않았을 게 아니냐!"

내 어머니는 우리가 만나 고생스럽게 사는 건 알뜰하지 못한 아내 때문이라고 생각했다. 그러나 나는 두 아들들이 공부를 열심히 하여 모두 잘 자라주었고, 아내가 항상 최선을 다하며 살았기에 오늘까지도 잘 살아왔다고 자부한다.

나는 요새 들어 아내 김유정에게 말하곤 한다.

"부모 말씀 안 듣는 자식이 잘된다는 말을 들은 적 없지만, 내가 그 여자와 결혼을 안 해서 고생한다고 생각해본 적은 더더욱 없다. 예쁜 것으로 치면 당신 말고 누가 더 있겠나."

팔순이 다 되도록 나는 이 같은 거짓말을 변명처럼 주절대는 것이다. 나는 주름진 아내의 얼굴을 바로 쳐다보면서 오연이 얘기를 꺼냈다.

"나, 그 중리 여자 만날까 하는데. 당신 괜찮아요?"

"뭐 환갑 진갑을 다 지내고 낼모레면 팔십인데 못 만날 이유 있어요. 첫사랑이겠다. 후배겠다. 한이 있으면 풀고, 못다 한 이야기가 있음 많이 하쇼. 하지만 괜히 잘사는 유부녀 건드리지 말고. 큰일 저지르지 말고."

"글쎄. 그 생각은 못 했네. 유부녀일 거라는 생각 말이야. 유부녀면 안 되는 거잖아."

"그럼요. 그쪽도 남편이 있을 거고, 아이들이 있을 거고, 또

한 시대도 있을 것 아녀요. 그냥 당신 초등학교 동창이라는 그녀 오빠와 셋이 한번 만나 봐요."

진정으로 허락한다는 소리일까, 아니면 그냥 한번 해보는 소리일까. 여자의 마음은 때로는 종잡을 수가 없다. 내년이면 금혼이다. 오래 함께 한 셈이다. 그런데 되돌아보면 서로의 솔직한 대화가 어떤 때는 오해로 부부싸움까지 가는 일이 가끔 있었다. 이번에도 아내의 말을 액면 그대로 받아들였다가 대판 싸움까지 하게 되는 것은 아닌지. 걱정과 긴장이 동시에 몰려왔다.

내가 아내를 사랑하게 되고, 결혼까지 하게 된 까닭은 오연에 대한 억하심정도 있었지만 예쁘고 착한 여자였기 때문이다. 착한 여자와 똑 소리 나는 여자. 아내와 오연의 차이점이다.

육체는 시간의 흐름에 따라 늙지만, 마음은 첫사랑 때와 별로 변하지 않는다고 한다. 요즘 신문지상에 떠도는 80세 먹은 노교수의 결혼 소식이 있다. 각자 아이들도 있고, 얼굴엔 주름살이 가득하지만 첫사랑 때와 같은 마음으로 결혼에 골인을 했단다. 80에 결혼을 결심할 정도로 이들을 용감하게 만든 것은 사랑의 감정이다. 나는 지금 오연이가 결혼을 했건 아니건 만나고 싶다. 대학 졸업하고 군대 갔다 오고 직장 잡고 5년 후 신촌역에서 만나자 해놓고선 50여 년이 지난 이때 나타난 것인지 그 이유를 듣고 싶다.

7

영등포로 향하는 시골길은 포장을 하여 평평하지만 내가 탄 버스는 과속방지를 위해 드문드문 만들어 놓은 턱을 지날 때마다 덜커덩 소리를 냈고 차체가 흔들렸다. 그 흔들림은 나의 허리에 통증을 불러일으킨다. 영등포에 있는 나의 사무실까지 가려면 그렇게 한참을 더 가야 한다. 내가 탄 111-1번 버스는 지금 막 우리의 텃밭이 있던 삼거리를 지난다. 예전에는 밭이 있었고 그 아래 논이 있었다. 그 논에 벼가 익어 가면 아버지는 허수아비를 세워놓으시고도 부족하셨는지 나에게 새 쫓는 일을 시키셨다. 그곳에서 태어난 두 살 아래인 여동생이 E여중엘 들어가면서 우리 가족은 모두 서울로 이사하여 살았다. 그런데 지금 생각해도 낫질이나 지게를 지거나 하는 힘든 일을 한 기억은 없다. 부지런하신 아버지가 일꾼과 다 하셨고, 형과 나는 이따금 새를 쫓는 일과 소에게 풀을 뜯기는 일을 했을 뿐이다. 그런 기억들이 새삼스럽게도 나의 뇌리를 스치고 지나간다.

“겨울을 지내려면 새들도 먹을 것이 있어야 하니, 떨어진 벼

이삭일랑 줍지 말고 그냥 두어라."

허수아비까지 세우시고 나에게 새 쫓는 일을 전담시키시던 아버지가 하신 말씀이다. 이율배반적인 듯한 그 말씀의 뜻을 그때에는 이해하지 못했다.

아무리 힘든 농사를 짓는 농군이라도 만물과 더불어 살아가는 자연의 이치를 농사를 지으며 체득하신 아버지의 양식을 알지 못했다. 나이가 들어 다시 고향 땅을 밟고 보니 조금은 그 참뜻을 알 것 같다. 그렇게 열심히 사셨던 내 아버지가 오늘따라 몹시 그리워진다.

삼거리를 지난 버스는 지금 막 나의 모교인 은수초등학교 앞을 지난다. 교정에는 70여 년을 자란 소나무와 향나무들이 학교를 멋진 수채화처럼 돋보이게 했다. 그 나무들은 우리가 개교 때 심은 것들이었다. 학교 뒤로는 높지는 않지만 정상에 오르면 영등포의 공장 굴뚝들이 보이던 봉지산이 보였다. 보기만 했을 뿐인데 그 산의 정기가 아직 남아 있는 듯 느껴지고 기분이 상쾌하다. 그런데 운동장 한구석 나무 옆에 웬 허수아비가 있다. 몸통을 짚으로 통통하게 채우고 울긋불긋한 옷을 입혀 모자까지 씌운 허수아비. 아마도 도시화 되어가는 시골학교의 정서를 돋우기 위해 어느 선생님이 세운 것 같았다. 나무 잎이 아직 덜 떨어져 그랬는지 어제는 못 보았는데 오늘은 그 허수아비들이 나뭇가지 사이로 넷이나 보인다.

그러고 보니 겨울이 문턱에 온 것 같다. 버스는 금방 학교 앞을 지난다. 운동장 아래로부터 시작되는 저수지 가에는 낚시질을 하고 있는 강태공들이 듬성듬성 앉아 있다. 참으로 보기 좋은 풍경이다.

내가 고향인 시흥시 은행동으로 이사를 가자고 했을 때, 아내는 나보고 미치지 않고서는 안 된다 했다. 돈을 많이 벌어가지고 가는 것도 아니고, 명성을 얻어 국회의원 출마라도 생각하고 가는 것도 아닌데 왜 굳이 고향에 가느냐 했다. 그 많은 땅을 형에게 다 빼앗겨 한 평의 땅도 없는 주제에, 그렇다고 모은 돈이나 있으면 모를까 맨몸으로 돌아가는 것은 아니라고 했다.

버스는 저수지 가장자리를 따라 잘도 달려나간다. 학교 앞을 지나면 과속방지턱이 없다. 길 왼쪽으로 오연이가 말하던 지석이의 형이 고쳐 지은 카페 '배다리'가 있다. 그곳의 간판이 잠시 시선을 끌었으나 버스는 금방 지나친다. 버스는 탄천 고개를 오른다. 예전에 이곳을 지나 오류동까지 걸어서 가려면 외진 데다 고갯길이어서 무섭고 힘이 들었다. 그랬는데 지금은 버스가 넘어가기 쉽게 양쪽 산을 절개하여 길을 낮추었다. 저수지 부근에는 잘 지어진 카페 세 곳이 있다. 서로가 경쟁하느라 달아놓은 화려한 호객 플래카드가 옛 이곳의 모습을 모두 가려버린다. 예전에 그 자리엔 흑연광산이 있었다. 그 광산에서는 흑연을 빻고 물에 거르느라 기계 소리가 쉴 사이 없었다. 지금 광산은 그 흔적을 찾을 수 없고, 언덕을 오르내리는 자동차의 힘든 엔진 소리가 그 옛 소리들을 덮고 있다. 나는 버스에 앉은 채로 눈을 감아 버린다. 한참을 달리던 버스는 오류동을 거쳐 고척동을 지나서 영등포 로터리 시장 앞에 나를 내려놓는다.

8

영등포 로터리에는 온갖 사람과 물건들로 꽉 차 보행하기도 힘들 정도다. 인도를 점유하고 있는 장사꾼들, 도로 경계석에 마구 붙어 있는 카바레, 룸살롱 웨이터들의 익명의 이름들-남진, 조용필, 홍길동, 임꺽정, 돼지, 클로버, 심지어는 대도 신창원 같은 이름도 있다. 만약에 지금 내가 그곳을 찾아간다면 이들 중 누구를 찾을까? 그들은 실제로 홍길동도 아니고 클로버도 아니며 더구나 나는 술을 마시지 못하니 아무도 찾을 필요가 없다. 나는 이 생각 저 생각을 하면서 국빈예식장 쪽에 있는 나의 사무실로 발길을 옮긴다. 중앙공원 옆을 막 지나려는데 바지 주머니 속에 있는 핸드폰이 울어댄다. 나는 얼른 스마트폰 커버를 열었다.

"여보세요. 저어 진성원 씨 핸드폰입니까?"

어디서 들었던 목소리. 여자의 음성이다.

"네에, 그런데 누구시죠?"

"나 한오연입니다."

50여 년 만에 드디어 그녀가 전화를 한 거다. 나는 약간 두근거리는 마음을 진정시키면서 목소리를 가다듬는다.

"오오, 납니다. 성원입니다."

그리고 나는 말을 잇지 못했다.

"저어 지금 영등포 로터리에 왔거든요. 혹시나 해서 전화한 건데요. 사무실이세요?"

"아니, 아닙니다. 사무실에 도착하기 바로 직전입니다. 로터리 어느 쪽에 와 계십니까?"

"우리은행 앞이거든요. 사무실이 어디쯤이에요?

오연의 음성은 늘 만나는 사이처럼 익숙한 어조는 아니다. 아무리 가까웠던 사이었다 할지라도 오랜 세월이 흐른 뒤인지라 예전처럼 말을 놓을 수가 없어 그랬나 보다. 나도 그 옛날처럼 다정한 반말이 나오지 않는다.

"아니 그냥 거기 잠깐만 계십시오. 내가 금방 그리로 가겠습니다."

나는 사무실로 가려던 걸음을 되돌렸다. 그리고 뛰어가듯 빠른 걸음으로 로터리 신호등 앞으로 가 파란불을 기다렸다.

그 옛날 그녀와 헤어질 때처럼 마음 깊은 곳에서부터 이유 없는 떨림이 온다. 그 떨림의 이유는 현재의 내 모습이 조금은 부끄러웠기 때문일지도 모른다. 횡단보도의 신호등이 빨간색에서 파란색으로 바뀌더니 깜박거린다. 나는 횡단보도 안으로 건너기를 기다리던 많은 사람들 사이에 섞여 발길을 옮긴다. 다들 바쁘게 발길을 서두른다. 몸과 몸들이 서로 부딪치기도 한다.

깜박거리는 파란 신호가 꺼질까 봐 뛰어가는 사람도 있고, 정지선을 넘어 서 있는 자동차의 운전기사를 보면서 얼굴을 찌푸리고 심지어는 욕을 하는 사람도 있다. 횡단보도를 건너서니 노점상들이 펼쳐놓은 물건들이 또 발길에 채여 온다. 운동화를 파는 사람, 고구마를 파는 사람, 옥수수를 즉석에서 쪄서 파는 사람, 사과와 감을 파는 사람들, 사람과 물건들, 물건과 사람들. 나는 그것들을 헤치고 오연이가 기다리고 있을 우리은행 앞으로 눈길을 옮긴다. 분명 오연이가 이쪽을 바라보며 나를 기다리고 있는 것이 보인다. 5미터 앞, 2미터 앞, 1미터 앞에서 그녀와 마주 선다. 그녀는 환한 얼굴로 나를 맞는다. 긴긴 세월이 흐른 뒤인데도 나는 여전히 그녀가 반갑다. 둥글고 하얀 얼굴, 그때보다 몸은 많이 불었지만. 그래서였는지 검은색의 정장을 하고 있다. 드디어 50여 년 만에 내 앞에 선 오연이가 입을 연다.

"어머. 성원 씨. 정말 오랜만입니다. 모습은 그대로네요."

"아뇨. 많이 늙었죠. 머리털이 까매서 그렇지."

"아니, 그 머리. 염색한 게 아녀요?"

"원래 그래요. 부모에게 받은 유일한 유산이죠."

"참 놀랍네요. 요즘은 젊은이들도 염색을 하고 난리들인데요. 나도 이거 염색한 거잖아요."

"어찌 됐든 조용한 곳으로 좀 들어갑시다."

"그래요. 이 거리는 참 복잡하네요."

나는 영등포역 쪽으로 발길을 옮기기 시작한다. 그쪽으로 가면 백화점이 세 곳이나 있다. 아무래도 그쪽이 좋을 것 같다.

9

영등포 로터리 부근 인도에는 항상 사람들의 발길로 꽉 찬다. 내가 젊은 여자와 손을 잡고 걸어도 누구 하나 이상한 눈으로 볼 틈이 없다. 우리는 그 틈바구니 속을 손을 잡지 않고 나란히 역 쪽을 향해 걷는다. 영등포소방서 삼거리를 지나는데 우편으로 소방관시절에 아내와 가끔 만나던 '초원'이란 양식집이 눈에 들어온다. 아직도 그 이름은 그대로다. 백화점이나 주위에 일반음식점보다는 아무래도 조용하니 이야기하기 좋을 것이다. 또 식사 후 차를 마실 수도 있다. 난 망설이지 않고 '초원'으로 발길을 옮긴다. 초원의 출입문을 밀고 들어선다. 내 생각이 맞았다. 손님이 많지 않았고, 예전같이 은은하면서도 달콤한 세미클래식이 흐른다. 홀 바닥도 예전처럼 나무가 깔려 있었고, 벽이나 천정 또한 나무 장식으로 돼 있었다. 아마도 방음을 위해 한 것 같다.

나는 구석 한 자리로 들어가 오연이에게 먼저 앉으라 권한다. 어수선한 밖과는 대조적으로 조용하고 안락하다. 들떴던 마음이 조용히 가라앉는다. 젊은 청년이 메뉴판을 들고 와서는 우리에게 주문을 청한다. 나는 집에서 간단한 점심을 하고 나왔지만 오연이와 같은 정식을 둘 주문했다. 그러고는 오연이의 얼굴을 한 번 더 자세히 바라본다. 그녀의 입가에 야릇한 기운이 감도는 것을 느꼈다. 이번에는 내가 먼저 말문을 열었다.

"아이는 몇이나 두었습니까?"

그러자 오연이는 우리들 사이에 오가는 대화체가 존칭인 것이 어색한 듯 한참을 머뭇거렸다. 그러다가 손에 들었던 스마트폰을 가방에 넣으면서

"하도 오랜만이라 무슨 말을 먼저 해야 할지 말문이 안 열리는군요."

한다. 그렇게 말끝을 흐리더니 다시 입을 연다.

"아이고, 뭐고. 우리 옛날처럼 반말로 하자. 그래야 할 말 안 할 말 맘대로 하지."

오연이가 약간의 씁쓸한 미소를 지으며 옛날처럼 반말로 말투를 바꾼다. 나는 그녀의 얼굴을 빤히 쳐다보며 말을 꺼냈다.

"그래. 그래야 맘 놓고 할 말을 다 할 수 있겠지. 그래. 결혼들은 다 시켰어?"

"결혼? 자식이 있어야 결혼이고 뭐고 시키지. 나 애 없어."

"딸도 없어?"

"딸이라도 하나 있었음 얼마나 좋았겠어."

"……."

"업둥이 하나 길렀는데, 다 커 여중생이 되니까 제 엄마 찾아 가버렸어. 앤 참 예뻤는데."

"어떻게 알고 제 엄말 찾아가?"

"알고 보니 내가 아이를 못 낳으니까, 남편이 나 몰래 바람을 피워 난 아이가 아니겠어. 다 큰 아이 눈앞에 두고 열 안 나는 생모가 어디 있겠어. 하는 수 없이 아이고 아이 아빠고 내가 다 줘버린 거지 뭐. 그러니까 난 십년도 넘게 헛살아온 셈이지."

말을 놓고 나니 예전으로 돌아간 기분은 들었으나, 애들 얘기는 잘못 꺼낸 것만 같았다. 오연인 한숨까지 쉬면서 탄식하듯 말을 마친다. 나는 얼른 화제를 바꿨다.

"애들 이야기는 천천히 하고. 그래. 그때 나한테 야무진 말 한 마디 던져놓고 하루 저녁 사이에 어디로 사라졌었나?"

"……."

오연인 곧바로 내 이야기를 받지 않는다. 나는 은색 매니큐어를 손톱에 칠한 그녀의 손이 조금 떨리는 것을 보았다. 기가 막힌 사연들이 그녀의 얼굴 위를 영상 없이 지나가는 것 같다. 검은색 재킷 안으로 받쳐 입은 흰색 블라우스가 그녀의 하얀 얼굴이 더욱 희게 보이게 하였지만 우수에 찬 그녀의 검은 눈동자를 밝게 하지는 못한다.

오연인 핸드백을 열더니 무엇인가 뒤적였다. 그러더니 다시 닫으며 한숨을 쉬고는 입을 연다.

"성원 씨 아직도 담배 피워?"

"아니, 끊었어. 잘 끊은 거지. 요즘 담배 피는 사람 어디 사람 취급이나 받나. 참 잘 끊었지. 그리고 어디 담배 필 데가 있어야지. 여기도 금연, 저기도 금연, 길거리에도 금연 지역이 있으니, 정말 잘 끊은 거지."

"교회에 나가는 모양이군. 학생 때도 못 끊던 담배를 끊은 걸 보면."

"그래. 교회 다닌 지는 삼십 년도 넘었지. 그런데 담배는 그래서 끊은 게 아니야. 작은 애가 결혼해서 딸아이를 낳았어. 그런데 게네 내외가 맞벌이 부부라서 일산에 큰 아파트로 이사를 하면서 아이를 좀 봐 달랬어. 차마 귀엽고 예쁜 손녀에게까지 담배 냄새를 풍겨서는 안 되겠다는 생각이 들더군. 단번에 반도 더 남은 담뱃갑을 쓰레기통에 버리고 즉시 피우지 않은 거지. 그때부터 아내가 나를 지독한 놈이라고 좀 달리 보더군. 하지만."

'손녀같이 예쁜 게 어디 있어.' 하려다가 조금 전에 자식 얘기 때로 되돌아갈까 봐 그만 그 말은 잘라버린다.

홀 안의 뮤직 박스에서는 세미클래식의 알 만한 곡이 흐르고 있었다. 그 음악은 내 귀에 쏙 들어온다. 담배의 맛보다도 더 좋다. 오연이는 조금 전의 침울했던 기분을 바꾸면서 알 듯 모를 듯 미소를 머금으며 말을 이어 간다. 억양은 차분하면서도 부드러웠으나 말 속에는 가시가 있는 것 같았다.

"어부인이 그렇게 미인이라며! 그래 얼마나 행복하게 잘 살았어?"

존칭을 버리자고 할 때 더 심한 말이 나올지도 모른다고는 예상했지만 이런 투의 직설로 나올 줄이야. 나는 그저 무심히 가버린 지난날의 처사들을 반추하며 그녀를 어떻게 대할지 고심했다. 아마 그녀는 이별과 이혼에서 오는 후회 같은 것들을 삭이느라 비교적 행복한 결혼 생활을 한 나에게 질투의 화살을 쏘는 것 같았다. 그녀가 연속으로 말을 쐈다.

"그래. 그 예쁜 어부인하고 얼마나 행복하게 살았어?"

"행복이 무언지 모르고 살았다고 하면 거짓말이라 생각하겠지만 행복 찾고, 기쁨 찾을 틈도 없이 바삐 살았다. 넌 캐나다에서 잘산다고 들었는데, 왜 돌아왔어? 두고 간 애인이라도 있었나 보지. 뭐 5년 후에 신촌역에서 꼭 만나자 하고선 약속도 안 지키고. 벌써 50년도 더 지났다. 아직도 그렇게 자신 만만하냐?"

“호호. 행복, 돈, 그것들은 사랑하는 사람들이 있을 때 하는 말들이고, 사랑하는 사람이 없는데 그것들이 무슨 소용이 있겠어. 그리구 두고 간 애인이라면 당신 말고 누가 있겠어?”

그녀는 갑자기 말의 악센트를 아래로 내린다. 나의 이름을 부르는 것을 ‘당신’이라고 부를 때에는 기어들어가는 목소리다.

“그렇게 분명하고 야무진 여자가 왜 사랑하는 사람이 없겠어. 그래도 외국을 뛰어다니며 돈도 많이 벌었고, 재미도 있었겠지. 난 이날까지 살면서 20번도 더 이사를 했다면 더 할 말이 없겠지. 오죽하면 네가 나에 대한 한을 품어 그랬나 보다고 이제 그만 한을 풀라고, 너를 만나면 이 말은 꼭 하고 싶었다. 이렇게 널 만난 건 그런 이유가 첫 번째야. 바보처럼 말이야. 알았어?”

“그렇담 그런 얘기는 그만두자. 한이고 뭐고 지금에 와서 무슨 소용이 있겠니. 방금 말했듯이 난 남편도 아이도 다 빼앗긴 여자야. 아무리 야무지고 똑똑하면 뭐해. 사랑하는 사람이 없으면 아무것도 아니다. 사랑. 사랑타령 그만하고 우리 다른 얘기 해보자.”

“그래. 돈 얘기 빼고 다른 얘기. 그래.”

“성원 씨 아이들이 잘됐다는 얘기도 들었어. 모두 S대 출신에다. 작은 애는 기자한다며? 결혼도 다 시켰지. 아니 참 손녀가 있다고 그랬지."

오연이는 나의 얼굴을 뚫어지게 바라다본다. 오랫동안 닫았던 마음을 체념으로 바꿔 나가는 것 같다. '당신'이라는 말은 더 이상 쓰지 않고 전에 하던 대로 편한 사이처럼 말을 이어간다. 나는 웨이터가 들고 온 수프에 얼른 스푼을 넣어 한 숟갈 입안으로 넣는다. 목이 타고 있었기 때문이었는지 야채수프가 오늘따라 유난히도 부드럽게 목구멍을 적신다.

"둘 다 같은 S대는 아니지만 모두 일류대는 일류대지. 둘 다 딸 하나씩을 두었고. 손녀 둘이다 벌써 고1이야. 큰아들은 구미에 살고, 작은 애는 청담동에 살고 있지. 요즘 고등학생들에게 물었더니 장래 희망직업이 글쎄 조직폭력배라 했다네. 기자면 뭣하고, 외국회사 부장이면 뭣하겠어. 그래 그랬는지 작은 애는 기자 그만두고 억대연봉 받고 중소기업엘 갔는데, 기자 할 때 그 애가 쓴 책을 보니까, 서울대를 나오고 출세를 하여 수석비서관이 되고, 판검사가 된다 해도 '돈이 없으면 아무것도 아니다'라고 썼더라고. 내가 그때 얼마나 가슴이 아팠는지 몰랐어. 부모인 내가 얼마나 무능하면 아들놈이 책에다 그런 말을 썼나 하고 말이야."

아이도 없다는데 내 아이들의 자랑을 해서는 안 될 것 같았다. 그때 주문한 식사가 들어온다. 나는 이야기를 끊고 포크와 나이프를 잡는다.

"그런 둘째가 기자를 그만두고, 대기업도 아니고 중소기업엘 갔다? 그 녀석, 아버지와는 다른 녀석이네. 그 좋은 기자를 그만두다니. 어떻게 생겼기에? 요즘 애들은 다 잘들 먹으니 키도 성원 씨보다 크겠다, 돈이야 없다가도 생기고, 있다가도 없어지는 것이잖아. 남자는 그저 여잘 잘 만나고, 여자는 남자를 잘 만나면 그게 최고의 성공이지 안 그래?"

오연이는 말끝을 흐리면서 접시의 고기를 자르기 시작한다. 영화에서처럼 그녀의 접시를 끌어다 내가 잘라주고도 싶었으나, 집에 있을 아내가 떠올랐다. 그래서 잠시 대화가 끊겼다. 너무도 오랜만에 만났으니 그럴 수밖에 없다. 나는 음식을 들면서 아이들과 며느리 그리고 손녀들을 떠올린다. 한집에서 같이 살았다면 3대가 함께 사는 셈인데 요즘은 대개가 떨어져 단출하게 산다. 그래도 부모자식지간의 도리를 지키며 사는 사람들이 행복한 관계의 사람들이라면 그렇지 못한 관계의 사람들은 불행한 사람들일까. 과연 어느 쪽이 잘살아가고 있는 것인지. 정답을 내리기 어려운 세상이다. 이웃이나 가족 관계가 모두 좋은 관계를 맺고 있으면 그게 사람답게 사는 게 아닐까. 효가 영순위에서 밀려난 지는 오래된 것 같다. 3대가 떨어져 살아도 그 관계를 잘 지켜나간다면 그나마 다행스런 일이 아닐지. 요즘 젊은 사람들의 사고방식을 측정하기란 매우 어렵다. 그래도 손녀가 보고 싶어 같이 살았으면 좋겠는데. 그렇지만 이젠 다리도 아프고 허리도 아픈 나이가 되었으니, 같이 사는 것도 아니다 싶다. 그래 애들 얘기는 그만두자. 그런데 오연이가 입을 연다.

"지석이 말이야. 그 애 어떻게 됐어? 환갑도 지났을 텐데. 어릴 때 그 녀석 참 예뻤는데."

"그 애 얘길 하자면 길어. 오늘은 그 애 얘긴 그만두자."

우리의 대화는 식사를 핑계 삼아 또 끊긴다. 따지고 분풀이하려던 것도 아니고, 못다 한 달콤한 사랑 이야기를 준비하고 만난 것도 아니기 때문에 분위기나 기분에 따라 이야기를 하다 보면 이야기의 꼬리를 잡아갈 수 있으리라 생각했다. 아내는 내가 누구를 만나러 간다고 하면 늘 '대화는 잘 들어 주는 게 더 잘하는 것.'이라고 했다. 아내의 말대로 그녀가 먼저 많은 말을 하기를 기다리면서 나는 음식을 든다. 어딘지 은은하면서도 쓸쓸하고 그러면서도 사랑의 송가처럼 달콤하기도 하며 아름답기도 한 지금 분위기에 잘 어울리는 하프와 플루트의 연주곡이 홀 안을 채워 온다. 그 음악은 언제 들어도 좋은 비제의 '아를르의 여인'으로 내가 참으로 좋아하는 곡이다. 나는 기분이 차분하여졌으나 오연인 음악 같은 것엔 귀를 기울이지 않고 내가 무엇이든 말하기를 기다리는 것 같다. 예전에도 그랬다. 음악이 한참 감미로운 음절로 흐르고 있는데, 그녀는 내가 입을 열 때까지 참을 수 없는 듯 말을 또 꺼낸다.

"왜 그 애가 잘못이라도 됐어?"

"그 애 얘긴 오늘은 그만두자니까, 50여 년 만에 만나서 왜 그 애 얘길 하자는 건지. 난 도대체 그 이유를 모르겠다. 우리들의 이야기를 해도 밤이 모자랄 텐데."

나는 그녀가 아직 청춘처럼 어떤 꿈속에 빠져 있음을 본다. 나는 그녀를 그 꿈속에서 깨우고 현실 속으로 나오게 하고 싶다. 그러나 그녀는 지나간 옛날의 단편을 뚝 잘라 우리가 옛적에 약속한 대로 대학을 졸업하고 결혼을 하여 아이를 낳는다면 지석이 같이 잘 생긴 아이를 얻을 수 있을 것만 같은 그때의 생각 속에 머물러 있는 것 같다. 그러나 그 건 정말로 꿈에 지나지 않는다. 난 대학도 졸업을 못 했고, 넌 아이를 낳을 수 없는 석녀 같은 여자잖니? 게다가 조금은 아는지 몰라도 지석이가 정신적 장애가 있어 장가도 못 가고, 그의 형인 나의 동기생 원석이가 그 뒷바라지를 하다가 아내와 이혼까지 한 얘기를 꼭 들어야겠니? 50년이 넘어서 만난 우리가 정작 해야 할 이야기를 놔두고 그 얘기를 먼저 하려면 서로가 가슴 아픈 얘길 더 꺼내야 한다.

그런데 오연이가 퉁명스럽게 또 입을 연다.

"우리들의 얘기가 뭔데?"

"왜 있잖아. 옛날을 떠올리며 우리가 걸었던 서울 투어－남산의 케이블카를 타든가 한강 유람선을 탄다든가 63빌딩에 가서 영화를 본다든가, 이 나이에 첫사랑과 만나면 즐길 만한 그런 것들 말이야."

"즐긴다고? 네 어부인이 가만두실까?"

"가만두지 않으면?"

"너도 파토내려고 그러냐?"

"파톤. 나 너 만난다고 말해 놨어. 이 나이에 아무려면 어떠니. 몸과 마음을 깨끗이 하면 되는 거지. 깨끗한 사람. 그게 나의 첫째 신조야."

10

나는 평생의 교훈으로 마음속에 키워 온 첫 번째 신념을 꺼내 말한다. 사람들은 왜 육체적인 관계를 먼저 생각하는지 알 듯하면서도 모르겠다.

“그랬어? 정말 놀랠 일이다. 아무리 부부지간이라도 그런 얘기는 하는 게 아닌데 말이다.”

그리고 그녀는 한참 동안이나 입을 다문 채 나의 얼굴을 빤히 쳐다본다. 그러는 동안에 우리가 먹은 음식의 식기들이 치워지고 원두로 끓인 커피가 특유의 향을 내면서 우리들 앞에 놓였다. 내가 먼저 커피잔을 든다. 그리고 오연이 말에 답변을 한다.

“우린 말이다. 절대 거짓말은 안 한다. 혹시 곤란한 전화가 와서 유무를 물어 답하기 어려울 때 없다고 하면 되는데 그렇게 못한다. 없으면 없다 하고 있으면 있다고 사실대로 말한다. 그랬더니 아이들도 자라면서 고대로 따라 하더라. 싫으면 싫다, 좋으면 좋다, 분명히 하는 거지. 정말이지 와이프에게 너를 만날 것이라고 말했다.”

"그랬더니 뭐라고 말하던?"

"환진갑을 다 지내고 낼모레면 팔십인데 못 만날 이유 있냐고. 첫사랑이겠다, 후배겠다, 한이 있으면 풀고, 못다 한 이야기가 있음 많이 하라고 하더라. 하지만 괜히 잘 사는 유부녀 건드리지 말고, 일 저지르지 말고. 이상이다. 됐냐?"

"그래. 아무리 80이라도 연애감정은 누구나 있는 거다. 왜 최근에 신문에 난 거 못 봤냐? 서로가 80에 결혼을 하고도 신혼 같다던. 대학교수를 했다던가?"

"그렇지만 난 아직 아내가 있고, 우리들은 너무 고생을 많이 해서 파경을 무릅쓰고서까지 파탄을 불러일으키지는 않는다. 그것이 나의 두 번째 신조, 책임을 지는 사람이다."

"아니 신조는 무엇이고 책임은 무엇이야? 듣던 말도 같고 모르겠네."

"왜 있잖아. 내 고등학교 교훈 말이야. 거기 책임지는 사람이라고 있어."

"참으로 별난 것을 잊지도 않고 가슴에 얹고 사네."

"난, 그 교훈을 나의 생활신조로 못 박았어. 깨끗한 사람도 있고, 책임지는 사람도 있고 부지런한 사람도 있는데, 그 말은 참으로 힘이 들더라. 아무리 부지런해도 부자가 되기 어려우니 말이야."

"참 별난 신조도 다 있네. 깨끗한 사람, 책임지는 사람, 부지런한 사람?"

"그게 나의 신념이고 신조야. 하지만 세상에서 가짜가 판을 치고, 깨끗지 못해 부패한 사회가 되었으니 신념이 왜 필요하고 신조가 있으면 뭣에 써야 할지 모르겠더라고. 부딪혀 깨지고, 그러다 망가지고, 타락하는 거지. 어느 날 고교친구가 내 사무실에 왔기에 학교의 교훈이 잘못돼 우리가 고생하는 것 같다고 하니까, 한 번 뒤집어 생각해 보라고 하더라고. '작용과 반작용'이라고 잘나간다 싶으면 못 나가는 놈이 꼼짝 않고 앞을 가로막는다는 거야. 좋은 일이 있으면 바로 그 뒤에서 사탄이 배시시 웃으면서 화를 뿌리는 거와 같다는 거야. 그럴 땐 동전을 뒤집듯 살짝 뒤집으라더라. 만사는 음과 양, 요와 철, 동지와 적, 사랑과 증오가 서로 시소를 타듯 오르면 내리고, 내리면 올라가고 한다는 거야. 그런데 난 그게 안 돼. 그게 안 된단 말이야."

"그래. 뒤집어 보고 싶긴 한 거야? 그거 맘대로 안 될걸. 넌 죽었다 깨어나도 안 될걸."

오연인 그렇게 한 마디 던지고는 핸드백을 열어 담배를 꺼내려다 도로 넣어버린다.

11

[금연장소]

“그럴지도 모르겠지만 네가 언젠가 말한 대로 약속을 지키는 사람은 무엇이든 이룩할 수 있다고 했으니, 네가 하자는 대로라면 한 번 해보자. 우리 한 번 뒤집어 보자. 노 인생의 새로운 모티브를 위하여!”

나는 오연이의 다리를 내려다보기 위해 눈길을 내린다. 나이는 들었어도 다리만 보아서는 할머니라고 하기는 아직 이르다. 예전처럼 그녀의 다리는 예쁘고 검은색의 스커트와 살색 스타킹이 유난히 다리의 선을 돋보이게 한다.

“우리? 우리 사이가 어떤 사이였다는 걸 그 후로 한 번쯤은 생각하고 하는 소리야? 뭐 새로운 모티브를 위하여! 말은 참 좋다.”

“자주 생각했다고는 못하지만 그래도 나쁜 사이는 아니잖아. 지금 이렇게 또 만난 걸 보면 타이밍은 맞지 않았지만 다시 만난 건 분명한 사실 아냐.”

“그렇담. 됐다. 오늘은 이 정도에서 쓸데없는 얘긴 그만 두

자. 나 지금 혼란이 온다."

"혼란. 무슨 혼란?"

"사실은 나 오늘 너 만나면 뭐라고 그럴까. 그만두자. 다음에. 다음에."

그녀는 무슨 말인가? 힘을 주어하려다 말고 입을 꾹 다물고 만다.

우리가 같은 고향에서 성장하여 처음 초등학교 총동창회 창립총회에서 만나 대학시절, 신촌에서 광화문에서 장래를 얘기할 때와는 많이도 달라진 그녀다. 무척이나 솔직하고 활달했던 그녀, 어느 일에든 자신만만했던 그녀가 나와 헤어진 지 50년이 지나 내 앞에서 이렇게 얌전한 자세로, 또 이토록 조용하고 차분한 음성으로 나를 대하고 있다니 무슨 영문인가. 내뱉고 싶은 충동을 참고 있다는 증거가 아닐지. 어떤 말 못할 사연이 있거나 적어도 어떤 심연 속에 빠져 있는 게 분명하다. 무슨 말을 참고 있는 것일까? 말하고 싶지 않은 사연일까? 벌어서 돈도 있고, 책임질 사람도 없다는데, 무슨 걱정거리가 또 있을까? 그도 아니면 나 때문에 이민도 가고 결혼도 하고 했지만 모두 잃어버린 꿈이 되었다는 하소연, 아니면 원망이라도 하려고 했는데, 내가 더 불쌍해서 마음을 열고 있지 않은 것인가?

"내가 잘못한 게 있다면 욕이라도 한마디 하지 그랬어."

"……."

그녀는 대답하지 않는다. 나는 그녀의 수심에 젖은 얼굴을 본다. 나는 그 수심이 입고 있는 검은색 때문일지도 모른다는 생각을 떠올린다. 검은색에서 느껴지는 비애, 슬픔, 장례식장에서 검은 상복을 입은 중광의 처 생각이 떠오른다. 오랫동안 홀시아버지 수발을 들다가 돌아가시니 대궐 같은 명륜동 집이 전부 자기 것이 되지 않았는가. 그렇게 엄청난 큰돈의 대가가 어디 있는가. 오연이도 아마 아버지의 재산하고 이민 가서 번 돈이 있다면 그에 못지않은 돈이 있을 것인데, 오류광산 사택에 살다가 오연이네 동네로 가 살았던 동창회 창립총회 때 오연이에게 노래를 청하던 우리 동창 한용진 회장의 밀대로 '돈이면 무엇이든 다 해결할 수 있다'고 하는데, 과연 무슨 걱정이 그녀를 싸고 있는 것인지?

"무슨 걱정이라도 있는 거야? 혹시, 아픈 곳이라도 있는 거야?"

"아프긴, 나 아무 걱정 없어."

"그럼 왜? 곤란한 일이라도 있어?"

"아냐. 곤란한 일 없어. 담밸 피질 못해서 그런가 봐."

"오~. 그거야? 그럼 밖으로 나가 한 대 뿜으면 좋지 않을까. 아니면 이참에 아예 끊어버리든가."

“그래. 일단 여기서 나가자. 피우던 담배를 끊는다는 게 그렇게 쉬운 일이라면 [금연]이라는 말은 생겨나지 않았겠지.”

“그럼 뭐야. 집으로 가고 싶은 거야?

“네가 집에 가고픈가 보다.”

집이란 말이 나오자 오연이가 쏘아붙이듯 또 입을 연다.

“아냐. 난 집은 싫어. 집에 가 봐야 아무도 없는데 뭐.”

“그럼 우리 원석이네 카페로 가 차나 한 잔 더할까?”

“원석이가 카페를 해?”

“으응, 윤석이 형이 살던 집을 수리해서 카페를 해. 잘해놨더라고.”

“지석이도 거기 있어?”

거긴 아니다. 그곳 이야기는 잘못 꺼낸 거다. 지석이의 이야기를 듣게 된다면 오연이가 더 혼란에 빠질지도 모른다. 나는 화제를 바꾸어야 했다.

“아참. 원석이가 지금 미국에 가고 없겠군. 그 애 어머니께서 돌아가셔서 미국과 캐나다에서 형제들이 와서 장례 마치고 위로한답시고 형제들이 그 앨 데리고 갔어. 지석이 얘기도 원석이가 오면 그때 하자. 원석이가 미국에 간지도 거의 한 달은 됐을 텐데.”

“원석이 어머니도 그예 가셨군. 지석이까지 열 남매를 낳으셨는데도 우리 엄마보다 오래 사셨네. 100세는 사셨겠는데? 우리 엄만 아들을 못 낳으셔서 애가 좀 타셨지. 그래서 좀 일찍 가셨지만."

"최근에 돌아가셨는데 아마 99세셨다지."

"그럼 100수를 사셨네. 참 거긴 요즘 뭣 타고 다녀?"

"난 버스 타고 다녀. 운동 부족이라 다리가 아픈 거라며 의사가 버스 타는 게 좋다 하더군. 물리치료도 한동안 다녔어."

"다리가 아파?"

"으응. 많이 좋아졌어. 우리 나이가 되면 무조건 걸어야 된다고 그래."

"그렇담. 일단 밖으로 나가 역까지 걸으면서 일정을 또 생각해 보자. 난 엊저녁에 성원이 너 만나려고 잠을 설쳤나 봐. 담배를 못 피니까 미치겠네."

"미칠 정도라면 니코틴 중독이구나. 큰일 났구나. 그거 정말 좋은 거 아니거든. 이참에 끊는 것이 제일 좋을 텐데."

"그렇게만 된다면야, 내 너에게 절이라도 하겠다야."

"아무튼 우리 나가자. 참, 차를 가지고 왔다고 그랬지?"

"으응. 롯데백화점 주차장에 있어."

우리는 양식점 '초원'을 나와 영등포 역사를 향해 발길을 옮긴다. 거리는 여전히 노점상들이 점유한 공간만큼이나 비좁지만 날씨가 써늘해 그런지 공기는 시원하다. 우리는 신세계백화점을 옆으로 끼고 걷다가 지하상가로 들어가는 출입구의 밀문을 밀어 계단을 내려갔다.

오연이가 하이힐을 신고 있어 그랬는지 나의 손을 요구해 왔다. 나는 그녀의 한쪽 팔을 붙들어 넘어지지 않게 보호하며 걷는다. 오연이가 바싹 나의 몸쪽으로 자기의 몸을 기대어 왔다.

12

나는 지하상가 계단을 내려가면서 오연이의 한쪽 팔을 잡은 채 그녀에게 묻는다.

“오늘 스케줄을 어떻게 잡을 거야?”

“일단 주차장으로 가자.”

그래. 일단은 그녀의 말대로 주차장으로 가 그녀의 차를 보고 내가 운전을 하고 인천에 데려다주든지 아니면 경인로를 따라 가다가 남부순환로로 들어서 자유로로 달려가든지 하자. 나는 지하상가로 내려와서는 오연이의 팔을 놓으며 입을 또 연다.

“그럼 우리 어디 좀 달려가서 차 한 잔 더하고 갈까?”

“그러자. 우리 참으로 오랜만에 만났는데 벌써 헤어지기는 그렇고, 그렇게 하자.”

“50년이 더 흘렀다. 긴 세월이구 말구.”

“어, 참 다리가 아프다더니 뭐 걷는 걸 봐서는 모르겠는데.”

“많이 나아졌다니까. 걸으면 아프지도 않아.”

“으음. 다행이다. 다리 저는 늙은이를 잡고 다니기는 좀 그럴 것 같아서."

오연이의 음성이 조금씩 밝아진다. 그녀도 오랜만에 둘이 같이 걸으니까 좋았던 모양이다. 그리고 밖의 공기가 안의 공기보다는 시원하니까.

"다리가 이렇게 아프게 된 건 다 자동차 때문이지. 포니를 생산하고 난 후니까 그 차가 아마 '프레스토'라는 차였지. 친구인 대학교수가 타다가 새 차를 사면서 나에게 준 차 '프레스토', 큰아들이 대우전자에 취직하여 새로 뽑아준 '르망', 작은아들이 타다 외제차로 바꾸면서 명의이전도 안 하고 세금도 내준 '레간자'를 10년도 훨씬 넘게 타고 다녔으니 다리나 허리가 고장이 안 날 수가 없겠지."

"차를 너무 오래 타고 다녔네. 한 30년은 더 되는 것 같은데."

"운전면허가 69년 면허니까 그 후 10여 년을 잘라내도 그래 한 30년은 더 됐나 보다. 그러니 다리가 꽤 많이 호사한 거지. 모두 새 차들은 아니었지만 잘 타고 다녔지."

"우리 나이가 되면 자동차를 타고 다니지 않아도 대부분들 아프다고 해. 말을 안 해서 그렇지. 쇳덩어리 기계도 70년 이상을 쓰면 삐거덕거리는데, 사람의 몸뚱이야 오죽하겠어. 우린 그 정도는 아직 아니지?"

오연이의 손은 따뜻하다. 내가 잡은 손에서 온기가 전해졌기 때문이라는 생각이 든다.

"다리 말고는 아직 모르겠는데. 너도 아직 쌩쌩하지?"

"그래. 쌩쌩하다. 짝이 없어 그렇지."

"짝은 여기 있고, 우리 나이에 아직까지 건강한 건 축복이지. 이 나이에 아픈 사람 많아."

"호호. 그렇게 말해주니 좋다."

그러면서 나는 우리들이 잡았던 손을 놓는다. 나는 롯데백화점 주차장으로 들어가는 지하 입구에서 다시 오연이의 손을 잡아준다. 지하상가에서보다 조명이 조금 어둡기 때문이다.

그녀의 차는 흰색이었다. 새 차는 아니었으나 주차하다 긁힌 듯 생채기가 앞범퍼와 뒤범퍼 가장자리에 한두 군데 난 것 말고는 아주 깨끗하다. 그녀는 두 말 없이 운전석으로 오르면서 뒤따라간 나의 얼굴을 빤히 쳐다보며 명령처럼 말을 던진다.

"타!"

나는 대꾸 없이 차 앞쪽을 돌아서 그녀의 옆자리에 오른다. 안전띠를 매면서 차 안을 훑어본다. 흔한 내비게이션도 달리지 않고, 여성의 차로서는 꾸밈이 너무 없으나 무척이나 깨끗하다. 그녀의 깔끔한 성격이 보인다.

"어디로 간다?"

그녀는 자동차의 시동을 건다. 부드러운 엔진 소리가 내 귀를 자극한다. 승차감이 좋다. 의자의 쿠션으로 보아도 차를 산 지가 얼마 되지 않은 것 같았다. 10년도 더 탄 내 차와는 비교가 되지 않는다.

"괜찮겠어?"

"뭣 말야?"

"운전?"

"나 이제 꽤 잘해. 걱정하지 마."

우리는 그녀의 자동차로 롯데백화점 주차장을 빠져나와 영등포역 앞에서 신호를 받아 경인로 쪽으로 좌회전을 한다.

"롯데백화점 주차우대권을 다 가지고 있었어. 나도 가끔 그걸 쓰고 했는데."

"내가 사는 집이 인천롯데백화점에서 얼마 안 떨어진 곳이거든. 그리고 내가 롯데 고객이니까 본사에서 상품 선전지에 붙여 보내주기도 하고. 그걸 가지고 가끔 쓰는 거지."

"집이 연수동이라고?"

"그렇다니까. 연수구청 부근의 아파트 단지야. 지금은 혼자 살아."

"혼자?"

"그래. 혼자 산다니까. 규환이가 가끔 와서 내 잔일 처리해

주고 밥도 먹고 그래."

"연수동이라면 거기 연수역 근처에 한용진이가 8층짜리 빌딩을 하나 사가지고 갔는데"

"한용진이가? 그 친구 돈 좀 벌었나 보네. 영등포시장 장돌뱅이가 인천에 와 빌딩을 사다니. 그 소식은 처음 듣네."

"그러게. 내 생각엔 그 친구가 오류동쯤에 사서 관리사무실을 개방해 시골 친구들 모이게 했으면 좋았는데. 동창회 사무실도 없으니 그렇게 하면 참 좋았을 텐데 말이야."

"그랬었군. 규환이 말로는 네가 2회 총무를 30년도 넘게 하고 있다더니 별 걱정을 다 했군 그래."

"생각하면 나도 미친놈이지. 고향이라곤 땅 한 평도 없는데, 무슨 총무라고 고향에까지 내려와 살고 있는지. 어떻게 보면 한심한 나지?"

"아냐. 어찌 보면 좋은 일을 하고 있는 거지."

오연인 운전을 하느라 그랬는지 짤막한 답변으로 우리들의 대화를 이어간다. 대화를 하면서 운전하기란 그리 쉬운 일은 아닌데, 그녀의 말대로 꽤 잘하는 것 같았다. 나는 화제를 바꾼다.

"규환이가 내 명함을 주던?"

"그럼. 받았으니까 오늘 이렇게 만났지."

"그런데 왜 이렇게 늦었지?"

"늦었다고? 나 벌써~ 너 은행동으로 왔다는 것까지도 알고 있었어."

"아니 그것까지 알면서도 연락을 안 했다는 거야? 지독한 여자가 됐군."

"지독한 게 아니라 얼마나 망설였는지 몰라. 규환이가 준 명함 받기 전에 은행동 집 전화번호도 알고 있었어. 집 전화는 꼭 와이프가 받데."

"내 집으로 전화를 했다고?"

"그래. 중리에 혼자 남아 사시던 엄마가 돌아가시게 돼 엄마 땜에 귀국해 보니 고향은 부천시로 광명시로 시흥시로 쪼개져 나가고 규환이도 그 좋은 땅 다 팔아 먹고 방황하고 있으니 누굴 만나겠어. 그래도 그쪽이 보고 싶더군. 그래서 우리 3회 회장 김찬기 교장을 만나 총동창회 명부에 너의 연락번호가 있나 좀 알아봐 달라 했더니 알아봐 주더 군. 그런데 집 전환 꼭 와이프가 받데."

"집으로 오는 전환 난 안 받아."

"그래서 핸드폰이 편리한 거야."

그녀의 운전 솜씨는 안정돼 있다. 운전을 하면서 마음을 삭히었나 보다. 오연이가 운전하는 차는 어느 사이 고척동 다리를 지난다. 나는 그 차가 우리를 어디로 데리고 갈 것인지 아직은 모른다. 하지만 내 예측으로 거의 80%는 우리가 헤어지기 전에 둘이 갔었던 서오릉일지도 모른다는 생각이 머릿속을 점유해 간다.

나는 예측을 중학교 1학년 수학교재 첫 장에 있던 〈겉가량〉이라는 챕터에서 처음으로 배웠다. 속내를 꺼내볼 수는 없으니까 투영된 속마음을 보고 속을 알아보는 것. 그러니까 레벨이 없이도 앞에 보이는 산의 높이를 잴 수 있듯이 수학의 공식이나 심리학이나 의학 또는 기상학, 심지어는 관상학에서까지 종합하여 빠른 시간 내에 분석하고 판단을 내린다. 그것은 오랜 시간의 반복적인 실험과 경험으로 가능하다. 요즘같이 과학적 데이터베이스가 집산한 결과에는 못 미치지만 내가 가지고 있는 육감까지 동원하면 그 확률은 높아진다. 아직 실제가 도래하지 않았으니 그 예상은 어디까지나 내 개인의 생각일 뿐이다. 하지만 스마트폰만 열면 온도, 습도, 높이 기압까지 금방 알아볼 수 있으니 얼마나 좋은 세상이냐.

"그래 우리 어디로 가는 거야?"

나는 내 예측의 결과가 궁금해 그렇게 묻는다. 예측의 결과는 오연이가 발표할 테니 어디 두고 보자.

"글쎄. 우선 요기 오류IC 들어가서 강화 쪽으로 가던지 가양대교나 행주대교를 건너 자유로를 타든지 아니면 곧바로 서오릉으로 가든지 하지 뭐.”

“서오릉엘 갈 것 같으면 아까 서부간선도로를 탈 걸 그랬네.”

“지나갔는데 어디로 가든 내가 가려는 곳으로만 가면 돼지 뭐.”

“그래. 네 맘대로 해라. 핸들을 잡은 운전수 맘 대로지.”

내가 이래라저래라 하는 차례는 아닌 것 같다. 내 예측의 확률이 50%를 넘었으니 이후는 그녀에게 맡기자. 나는 이 생각 저 생각으로 피곤해 오는 몸을 의자 쿠션에 기대며 눈을 감는다.

13

"어디로 갈까?"

오연이의 음성이 또 물어온다. 나는 감았던 눈을 뜨며 차창 밖을 내다본다. 자동차는 서부화물터미널 앞 네거리에서 신호를 대기하고 있다. 나는 스마트폰을 열어 내가 내비게이션 대신 사용했던 [목적지] 앱을 켠다. 아무래도 오연이가 갈 곳을 정하지 못해 지정속도도 못 내고 있는 것 같았기 때문이다. 나는 목적지를 서오릉으로 입력한다. 오연이가 내 스마트폰에서 울리는 '삑~삑~' 하는 목적지 앱에 입력하는 소리를 듣고는 어디로 갈 것인지를 확정 지으려나 보다. 그리고 곧 오연이 입에서 나올 말을 예상해 보았다. 알았다. 우리 옛날에 갔던 서오릉이다. 서오릉에 가 커피나 한 잔 더 하자.

"너도 스마트폰을 가지고 있었구나. 나는 작동하는 법을 몰라 사용하지 못했는데."

"그래. 편리한 세상에 우리가 살고 있는 거지. 이제는 어디든 찾아가기 쉬울 거다. 서두르지 말고 조심해서 천천히. 알았지!"

나는 스마트폰의 S펜을 뽑아 경로실행을 시작한다. 스마트폰에서는 '300미터 앞에 속도위반 주의구간입니다. 주의하십시오.'라며 300미터마다 안내멘트가 연신 울어댄다. 오연이의 제3의 눈이 뜨인 셈이다.

"그것참 좋네. 이제는 갈 길을 찾았다. 서오릉으로 가는 거다."

"서오릉으로?"

"그래. 우리 옛날에 갔던 서오릉이다. 거기 가서 커피나 한잔 더 하고 가자."

나의 예측은 80%를 넘어 100% 맞아 떨어진 셈이다. 나는 옛날을 떠올린다.

"연자라고 알지? 고등학교 때 S동생이라던."

"연잔 왜 갑자기?"

"나 조금 전에 우리 전차 타고 한강에 가던 일이라든가 그때 같이 간 애들 생각을 했거든."

"한강 좋았지. 우리 첫 키스를 거기서 했지. 그런데 연자 얘긴 왜 또?"

"여자들은 결혼하면 나 몰라라 하더군. 내가 소방서에서 정년하기 전이니까 한 30년 됐나 보네. 롯데호텔에서 상현이가 연락을 줬어. 그때 연자하고 같이 나왔어. 연자에게서 루즈도 선물로 받았지, 와이프 주라고 포장을 잘했더군. 그때 네 얘길 물었는데, 너에 대해 아는 게 없어서 대답을 못 했어."

"오오. 보고 싶다. 고년 예뻤는데."

"예쁘긴, 지금의 너보다도 더 뚱뚱해 보이더라고, 집에 전화번호도 있고, 사진도 두어 장 있는데 언제 전화라도 한번 해볼래?"

"전환. 이제 와서 무슨 할 말이 있다고. 애는 몇이나 뒀데?"

"아들 하나. 연잔 그 애 때문에 살았다고 하더라고."

"그 말은 또 무슨 뜻이야?"

"상현이가 사업을 한답시고 돈만 없애니까 연자가 직장엘 나가면서 그 앨 키우느라 고국도 한 번 못 오다가 그때 처음 왔다더군. 참. 연자 아버지 이 감독이 돌아가셔서 왔다 했어."

"그 양반. 참 오래도 사셨네. 그래도 유명한 영화감독이었는데, 신문에 났을 텐데 몰랐으니 세월이 참 무상하지."

"세월이 무상한 게 아니라 인생이 그런 건가 봐. 우리가 이렇게 다시 만나 옛날얘기를 할 줄이야. 주변머리 없이 살다 보니 늙는 줄도 몰랐다니까."

"아냐. 넌 그래도 잘살았어. 나 96년돈가 귀국했는데 너 신문에 난 것도 봤고, 방송에 나간 것도 봤어. 언제더라 너 정년퇴임할 때였나 보다 KBS에서 너 상 받는 거 봤다. 그게 무슨 상이었더라?"

"으응, 그거? 소방본부 홍보실에 근무할 적에 일을 참 많이 했거든. 마침 KBS에서 삼성을 스폰서로 119상을 제정했거든,

그땐 그냥 지나갔는데, 2회 때 내가 정년을 하는 해가 되니까 내가 만났던 PD들이 날 기억하고 마지막 선물을 한 거지. 우리 조직에선 날 주려 하지 않았어."

"왜?"

"퇴임을 하니 진급을 앞둔 다른 직원에게 주자는 핑계였겠지. 그런데 PD들이 그 정년을 이유로 내게 준 거야. 어느 PD가 내년엔 그 양반에게 주고 싶어도 줄 수 없으니 이번에 줘야 한다고 그랬대. 그래서 받았어. 참 더러운 세상에 내가 살았다. 열심히 산다고 살았는데 참으로 힘들게 산거지. 아까도 말했지만 여자인 네가 한을 품어서 안 되는 것인지도 모른다고 널 만나면 그 한을 풀어달라고 하고 싶을 때가 한두 번이 아니었지."

"나, 너에게 한 품지 않았어. 한 품고 살지 않았다구. 내가 왜 널 원망해. 왜 널."

"그럼 됐다. 정말인지는 몰라도."

나는 마음이 편안해 온다. 그녀의 옆얼굴을 들여다보니 그녀도 조금 전과는 다르게 안정된 모습이다. 자동차가 교차로에서 멈추어 선다.

"토요일도 아닌데 차가 많이 밀리네."

나의 스마트폰에서는 연신 여자의 안내가 터져 나온다. 나는 다시 눈을 감는다. 아까보다 아주 편안한 자세로.

14

“서오릉으로 간다!”

오연이가 혼잣말처럼 해온다.

“그래. 네 마음대로 가.”

오연이는 대꾸하지 않는다. 머리 위의 백미러로 나의 눈감은 모습을 본 거다. 나는 눈을 감은 채, 앞으로의 우리들의 행로가 어떻게 그려질지를 생각해 본다. 아내에게 오연일 만나게 될지도 모른다고 언질을 주어 허락 아닌 양해 같은 걸 얻어는 놓았지만 윤리적이나 도덕적인 면에서까지 허락받은 것은 아니다. 그렇다. 아내는 이제껏 나와 살아오면서 내가 윤리나 도덕적으로 한 번도 문제를 일으키지 않고 살아온 것을 믿고 있기에 대수롭지 않게 말한 거지만 사람의 일이란 어떤 상황에선 예상치 못한 곳으로 튀어 돌발적인 사고가 날 수도 있다. 하지만 오연이와의 관계에서는 나는 어떠한 일도 일어나지는 않는다고 확신한다.

“다 왔다. 서오릉 다 왔어 성원아.”

오연의 시원해 하는 소리에 나는 잠에서 깬다. 서오릉 매표소 앞이다. 주차장도 앞에 보인다.

"우리 주차하고 차 안에서 좀 쉬었다 내리자. 너 운전하느라 피곤할 거다. 옛날과 너무도 변해서 혼란했지. 그래 피곤할 거다. 그렇지?"

"으응. 네 스마트폰 없었으면 못 올 뻔했다. 변해도 너무 많이 변했으니, 도대체 어디가 어딘지 모르겠더라. 전혀."

"그래. 너 쉴 겸 천천히 얘기나 하다 내리자."

"너 아까 119상 받았다고 했잖어. 나 너 상 받는 프로그램 봤다. TV에서 네가 상 받을 때 왜 한정현이란 아나운서가 있잖아 '후배에게 남기고 싶은 말이 있느냐'고 물었을 때 네가 그랬지. '어떠한 일에서나 책임을 질 줄 아는 사람이 되십시오.' 하면서 네 몸이 휘청거리더라고, 모자 쓴 것 허구 정복 입은 것 모두가 내 눈엔 왜 그리 불쌍해 보였는지 눈물이 핑 돌면서 보고 싶더라구. 그래 소방서로 해서 네 전화번호를 알아냈지. 3회 회장 김찬기 교장에게도 부탁하고 말야."

"아니 근데 네가 한정현 아나의 이름을 어떻게 지금까지 외우고 있어?"

"내가 좋아했던 건 아니고, 네 옆에서 인터뷰할 때 얼마나 좋았는지 몰라. 키도 크고 얼굴도 예쁘고 착하게 생겼잖아."

“그래. 나도 그 아나운서를 참 좋아했어. 녹화가 끝날 때까지 1시간 여 같이 있었는데, 착하더라고. 착하니까 돈 많은 사람과 결혼해서 지금은 그 일 안하고도 유명인사로 살잖아. 재벌급 사모님이 되어서는.”

15

"그런데 말야. 너 어떻게 소방관이 됐지? 아까 물으려다 그만두었는데 말야. 난 네가 그런 힘든 직업을 가질 줄은 정말 몰랐거든. 거기다 모자 쓴 거하며 시꺼먼 제복 입은 것 하며 그때 네 모습은 정말 어울리지 않았어. 학교 다닐 땐 사진도 잘 찍고 시도 잘 쓰더니, 어째서 그 많고 많은 직업 중에 소방관이 됐냐는 거지. 미국이나 유럽에선 소방관이 좋은 직업이라고 하지만 한국에선 아니잖어?"

"소위 말하는 간판이 문제지, 중퇴자는 문자 그대로 중도 퇴짜야. 갈 데가 없더군. 거기다 보는 시험마다 떨어지는 거야. 발표 날 시청이나 중앙청 게시판 앞에서 아내가 흘린 눈물을 리터로 따져도 꽤 많을 거야. 이번엔 합격하나 싶어서 발표일에 가보면 떨어지고 또 떨어지고. 절로 한탄을 하게 되더라고. 그러다 마지막이다 생각하고 소방관 시험을 본 거지. 입시 나이로 봐도 마지막이었지. 결국 내가 소방관이 된 까닭은 부모 속 썩인 죄, 한 여자와의 약속도 못 지킨 무책임에 대한 벌이라고 생각했어. 그래서 후회나 불평 없이 열심히 했지. 화재현장에서 꼭 두 번을 죽을 뻔하였는데 착한 아내를 불쌍히 생각하셔서 하나님이 살려주셨지."

"그랬군. 난 네가 시인이나 작가라도 되지 않았나 했어. 아니면 교수가 됐겠지 했지."

"되돌아보면 나 자신이 한심했다. 네 말대로 교수도 될 수 있었고 작가도 될 수 있었지만 아무것도 되지 않았다. 아니다. 시인은 됐다. 90년도 초에 '한맥문학'이라는 문학지에 후배 문학평론가가 있어 소방문학회 회지에 실린 나의 시를 잡지에 추천하여 등단시켜줬다. 그러니 명색은 시인인 셈이지. 시집 한 권 못 낸 시인이 되고 말았지만 말이다."

"너나 나의 인생. 만만치 않았군. 그만 내려 커피나 마시자."

오연이가 먼저 차에서 내린다. 나도 차에서 내렸다. 나는 매표소로 향하고 오연이는 둘레둘레 다니며 차 마실 곳을 찾는다. 능 쪽에서 깨끗한 공기가 쏟아져 나온다. 나는 매표소 앞 안내판 앞으로 간다. 안내도는 각 능의 배치도고, 다섯 능의 이름과 모셔진 분들의 명세표다. 나는 스마트폰의 카메라를 열어 그것을 담는다.

1. 경릉 – 이조 제7대 세조의 원자 덕종(추조)과 비 소혜왕후
2. 장릉 – 제8대 예종의 제2계비 인순왕후
3. 의릉 – 제19대 숙종 원비 인경왕후
4. 명릉 – 숙종과 제2계비 인현왕후, 제2 계비 인원왕후
5. 홍릉 – 제21대 영조의 원비 정성왕후

16

차 한 잔 마시기 위해 참 멀리도 왔다. 서오릉 앞은 몰라볼 정도로 많이 달라져 있었다. 하기야 50년이 넘은 후이니 달라져도 엄청 달라질 수밖에 없지 않겠는가. '능원'이란 간판이 보인다. 그리고 '왕릉일가'란 음식점도 지나쳤다.

카페 '산새들'이란 간판이 '왕릉일가' 바로 곁 뒤쪽에서 우리를 손짓한다. 우리는 그곳을 찾아 들어간다. 그곳은 우리가 점심을 먹고 방금 떠나온 '초원'과 느낌이나 인테리어가 비슷했다. 나는 출입문의 밀대를 잡고 서서 오연이가 편히 들어가도록 한다. 들어가면서 우측 벽면에 걸려 있는 그림 아래로 자리를 하고 둘이 마주 보며 앉았다. 홀 안을 둘러보니 앞쪽으로 자그만 무대가 마련돼 있고, 무대 위에는 둥근 의자가 두 개, 그 앞에 마이크가 긴 대에 꽂혀 있었다. 그리고 홀 가운데 인조 야자수가 천정까지 큰 키로 서 있다. 나는 머리를 돌려 벽면에 실물로 장식된 트럼펫과 바이올린을 올려다본다.

"아, 이 그림 누구 그림이지? 춤추는 여자 같은데."

나의 시선이 홀 안 이곳저곳으로 두리번거리는 것을 보다 못한 오연이가 우리들 자리 머리 위에 있는 그림을 올려다보면서 물어온다. 이제 그만 자기를 보라는 언동이다.

"드가의 발레리나군."

"진짜야?"

"아냐. 진짜면 값이 얼만데. 사진이겠지."

그때 젊은 웨이터가 주문을 받으러 우리 앞에 섰다. 우리는 커피를 주문하고 다시 얼굴을 맞댄다.

"저게 드가 그림이란 걸 어떻게 알아. 사인도 안 보이는데."

"저 그림은 드가의 대표적인 작품이야. 드가는 춤추는 소녀, 젊은 부인의 초상 등 여잘 많이 그렸지. 잘 찾아보면 사인이 어디 있을 거야."

"어떻게 미술에까지 밝아. 그럴 시간이 없었을 텐데 말야.""유화도 조금 했었지. 그런데 난 수채화가 좋더라고. 그림하면 나보다 더 좋아하는 누이가 있었어. 얼마 전까지 대학에서 미학과장을 지냈는데 멋진 여자였지. 국전심사위원도 했고. 어쨌든 그려봤는데 요즘은 안 해. 아니 못 해. 그림 그리려면 시간과 돈이 많이 들거든."

"알았다. 너 미인 좋아하는 거 벌써 알았다. 그래 못생긴 날

두고 예쁜 여자, 네 와이프 찍은 거지?"

"찍다니, 찍힌 거지. 내 어머닌 내가 내 눈을 찍어 고생을 하는 거라고 하셨지만 말이야."

17

"어렵게 얘기할 것 없어. 네 와이프 미인이라는 것 알아. 너 신혼 때 개봉동에 살았을 적에 규환이가 빚쟁이 땜에 피해 다니면서 너희 집에 가서 하루저녁 자고 왔다고 하며 날 보고 널 미워하지 말라고 하드라고. 자기 같았어도 그런 착하고 아름다운 미인에게 안 빠질 수 없었을 것이라고. 그렇게 미인이야?"

"미인 같은 소리하네. 할머니 미인도 있어? 손녀가 둘이야. 내일모레면 80이고."

나는 큰 소리로 대꾸해 버린다.

"왜 화났어?"

"아냐. 그냥 좀 기분이 그래서. 와이프 얘긴 왜 꺼내."

"알았어. 화제 바꿀게. 명함 보니까 한일환경이라고 써 있던데 어떤 사업이야?"

"글자 그대로야. 빌딩청소, 아파트 입주청소, 수목소독, 외벽 칠, 고층건물 외벽 닦기 등 어렵고 더러운 일을 해주고 돈을 버는 거지. 내가 하는 건 아니고, 건축에서 각 분야에 단종이 있듯 소독 청소 페인트 등 궂은일을 하는 전문 인력들의 팀이 서울에만 수백 개나 되고. 쉽게 말해서 3D 업종이지."

"알겠다. 우리나라도 이제 문화수준이 올라가니 그런 업종이 잘될 수도 있겠네. 그렇다면 사업 밑천은 퇴직금으로 했나?"

"아냐. 성숙이가 돈을 좀 많이 줬어. 그래 무얼 할까 하다가 시작한 거야."

"성숙이가?"

"그래. 내 형은 제 살기 바쁘고, 누가 돈을 내게 주겠어. 성숙이와 그 남편 지 중위지."

"성숙이 지금 어디 살고 있는데?"

"미국 덴버에 살아. 성숙이 남편이 한국에 있는 미국회사에서 사장을 맡아 15년 동안 돈을 많이 벌어가지고 귀국했잖아."

"그랬었군. 그러니 난 여태껏 헛살았군. 더러운 팔자라."

"팔자타령 하지 마. 무자식이 상팔자라는 말도 있는데, 쓸데없는 소리 말고 담배나 꺼. 재 떨어진다. 여긴 변두리라 그런지 아직 [금연]이란 표시가 없네. 누구 좋으라고."

"……."

나는 담뱃재가 떨어지는 줄도 모르고 긴 한숨을 쉬며 창밖을 내다보고 있는 오연일 보고 한마디 던지고는 나도 따라 창밖을 내다본다. 그녀는 나의 말에 대꾸하지 않는다.

18

세상에서 옷 잘 입고, 출세했다고 뽐내는 많은 사람들의 위세는 모두가 한낱 헛되고 헛된 일이다. 저 앞에 보이는 산은 그 답을 알고 있으리라. 그리고 땅 밑에 말없이 잠들어 있는 왕과 왕비들의 영혼들도. 우리의 대화는 잠시 끊긴다. 창밖의 산처럼 때로는 말없이 있는 것도 좋은 것인지도 모른다. 이제 어떤 말이 더 필요한가? 서로가 사랑했던 사람들이고, 태어나서 80 평생이 가깝도록 살아왔다면 일일이 묻지 않고 얼굴색만 보아도 상대의 속내를 들여다볼 수는 있을 것인데. 오연이가 입을 연다.

"성숙이 얘긴데 말야."

"성숙이 얘긴 나중에 하자. 오늘 우리 오랜만에 만났으니까 지난날의 어떤 구속이나 억압 같은 것에서 떠나 우리들만의 즐거운 이야기로 나가자."

"그럼 그래. 남의 얘기는 천천히 하고 오늘은 우리들의 얘기나 실컷 하다가 가자는 거지."

그리고 그녀는 담배를 한 대 더 피워 문다. 속이 상하도록 담배를 많이 피운다. 나는 뭐라 하려다가 담배 얘기는 꺼내지 않고 궁금했던 말을 꺼낸다.

"아까도 물었지만 왜 졸업하고 5년 후에 만나자고 하고선 갑자기 내 곁을 떠나버렸어?"

"그 얘길 하자면 내가 너에게 먼저 사과를 하고 시작해야 할 것 같애."

"사과? 네가 내게 무슨 잘못을 했어. 오히려 약속대로 졸업도 못 하고 이렇게 살아온 내가 사과를 해야지. 넌 거기 졸업하고 신촌세브란스 병원에 근무하다 결혼하여 이민 갔다던데."

"아냐. 너 모르는 모양이구나. 그 전에 일이 있었어."

"뭘 모른다고, 일이라는 건 또 뭐야?"

"거기 어머니가 성숙일 앞세워 신촌 내 자취방으로 날 찾아오셨어."

"아니, 언제 그런 일이?"

"네가 휴학하고 공부 안 하구 매일 나만 만나다시피 하니까 성숙일 앞세우신 거지."

"성숙일?"

"그래."

"내 어머니가 무엇 때문에?"

50년도 넘은 이야기. 처음 듣는 이야기. 되씹지 않을 수 없다. 그렇다면 방해꾼이 성숙이라? 난 그래도 성숙이가 E대에 붙었기에 어려워진 살림살이에 그 애라도 입학하여 공부하라고 양보의 미덕을 발휘해보고자 했는데, 결국은 오연이와 나를 헤어지게 한 장본인이라니.

“학생이니 연애질 말고 공부나 열심히 하라는 거였으니까 내가 확실하게 답변하고 실행에 옮긴 거지. 나도 방앗간 집 딸로서 자존심이 있는 거잖어.”

“그렇게 된 일이었군. 난 그것도 모르고 네가 참으로 냉혹한 여자라고만 생각했지. 어제까지도 손잡고 아랫목에 발 묻고 다정하게 지냈는데 하룻밤 사이에 자취방을 비우고 사라졌으니.”

“그 후 네가 나 땜에 방황의 길에 들어간 것 같아 내가 사과해야 한다는 거야. 그리고 네가 바로 해군에 갔고, 제대 후에도 여기 저기 떠돌아다닌 것 알아. 집을 떠나 대전에도 가 있었던 것도 알고.”

“아니 그것까지 알면서 연락도 없었어?”

“그것뿐 아냐. 네가 끝내 졸업도 않고 지금의 아내와 결혼하여 고생해 산 것도 다 알고. 나도 더 이상 기다리고만 있을 수 없어 결혼해 캐나다로 뜬 거지. 너 나 땜에 고생하는 것 같아 마음이 참 많이 아팠어.”

"열녀 났네."

오히려 오연이가 미안한 듯 다 타들어 간 담배를 깊게 마시고는 재떨이에 놓는다. 카운터의 젊은이가 먼 시선으로 우리들에게 오랫동안 시선을 보내고 있다. 음악은 요즘 젊은이들이 좋아하는 노래가 라이브로 나오고 있었고 연주 소리가 홀 안을 크지도 않고 작지도 않게 울려 퍼지고 있었다. 나는 창문 밖의 정경을 한참동안이나 바라다보며 쉬이 일어서지를 못하고 카페 '산새들'에 그렇게 앉아 있었다.

19

밖에는 바람이 불고 하늘은 회색. 금방이라도 비가 내릴 것만 같았다. 나는 책상 앞에 앉아 소래산 쪽으로 난 아파트의 창문을 열고 밖을 내다본다. 예년 같으면 눈이라도 펑펑 쏟아질 것인데, 밖의 온도가 영상 10도가 훨씬 넘으리라 하니 눈이 올 일은 없을 것 같다. 엊그제 영등포에서 50여년 만에 오연이를 만났다. 그녀와 행주대교를 지나 원당으로 하여 서오릉까지 가 오랫동안 마주앉아 많은 이야기를 나누고 별다른 일 없이 헤어졌다. 그런 후 마음이 가벼워졌다고도 육감적으로도 만족했다고도 할 수는 없다. 다만 까맣게 몰랐던 일을 새롭게 알았으니 한 가지 궁금증은 푼 셈이다. 오연이가 자취방에서 갑자기 사라졌던 이유다. 거기에 내 동생 성숙이가 끼었다는 사실, 우리 어머니의 자식에 대한 지나친 걱정이 하나 더 있다는 것, 그리고 오연이가 버리지 못한 지석이에 대한 집착이다. 그러나 문제는 오연이가 지석이에게 어떤 일이 있었는지 너무도 모른다는 사실이다. 지금 떠오르는 한 가지 생각은 오연이가 말하던 진성환 씨의 그 마지막 작품이라던 지석이의 이야기다. 나는 우선 오연이에게 말한 대로 원석이가 미국에서 왔는지, 여전히 '배다리'라는 카페를 운영하고 있는지 직접 가봐야 한다.

나는 버스를 타고 가려다가 아파트 지하주차장에서 먼지를 쓰고 있을 자동차가 있는 주차장으로 내려간다. 자동차의 먼지를 대충 털고는 보닛을 열어 일상적 점검을 하고 운전석에 앉아 차의 시동을 건다. 잘 걸린다. 얼마 떨어져 있지 않은 내가 태어난 곳인 덕석동을 향해 자동차를 몬다. 은행동에서 10분도 안 걸리는 우리들의 고향에 원석이가 아직도 살고 있었다. 나는 먼저 원석이가 아들과 같이 운영하고 있는 카페 '배다리'로 들어간다. 미국에선 왔다는데, 원석인 집에 없다. 나는 원석이를 기다릴 겸 자동차를 은수초등학교 뒤에 있는 원석이네가 오래 살던 옛집을 향해 차를 몬다. 동네 가운데를 이곳저곳 서행으로 몰고 가는데, 어릴 적에는 그렇게 크던 집들이며 넓던 길들도 이제 와 보니 너무도 좁고 작다. 나는 교회 아래에 있는 큰 기와집으로 갔다. 병중에도 위풍을 자랑하던 진성환 씨가 있는 곳이었다. 그리고 원석이네 옛집 마당에 차를 세우고 열려 있는 대문 안으로 들어선다. 진성환 씨가 서재로 진료실로 사랑방으로 사용하던 사랑채 앞에 발길을 멈춘다. 거기 디딤돌 위에 요즘 보기 드문 웬 흰 고무신이 놓여 있었다. 그것에 눈길이 멎는데, 창호지를 바른 창문 안쪽에서 사람의 목소리가 흘러나온다.

날 사랑하심 날 사랑하심 성경에 쓰였네

찬송을 부르는 소리가 아니고 기도문을 외우는 소리 같다. 나는 그 집 뒤에 있는 교회의 신도가 기도를 하고 있는 것이라 추측했다. 그 소리는 나의 마음과 발목을 잡는다. 나는 지난날에 품었던 그 집에 대한 동경에 다시금 빠져든다. 그 집엔 피아노도 있고, 그 당시 흔히 볼 수 없던 열대식물 여러 개가 큰 화분에 심겨 놓여 있었다. 그리고 그 방안에는 진성환 씨가 손수 운영하던 의료 기구들도 있었다. 벽면으로 두꺼운 책이 진열돼 있는 서가가 있고, 잘 그려진 동양화가 표구되어 벽 빈 공간마다 보기 좋게 걸려있었다. 진성환 씨는 아랫목에 두꺼운 비단 방석을 깔고 위엄 있게 앉아 있다가 찾아오는 동네 어른들이나 아이들에게 어떤 때는 주사를 놓는 등 잔병을 치료해 주었다. 그러나 그럴 때 그의 표정이나 행동이 따뜻하고 포근하게 느껴지지 않았다. 어쩌면 그가 아팠기 때문인지도 모른다.

나는 안채에 누가 또 있을까 해서 발길을 옮기려 했다. 그런데 발자국 소리가 창호지를 울렸는지 사랑방 미닫이가 스르륵

열리더니 그곳에서 시커멓고 깡마른 얼굴이 불쑥 튀어나온다. 그는 분명 지석이었다.

"성원이 형 아니세요?"

그는 단번에 날 알아본다. 나는 나를 알아보는 그가 반갑지 않았고 오히려 이상한 기분이 온몸을 감싸왔다. 그래서 그의 인사에 답을 바로 하지 못했다. 왜 그랬을까. 아마 오랫동안 들어온 이야기로는 꽤 심각하다고 했다. 그런데 날 알아본 것이다. 한참 만에야 나는 겨우 한마디 건넸다.

"기도하고 있었냐?"

"기도는요. 찬송가를 불러본 거예요."

20

어딜 갔다가 어느 사이에 왔는지 원석이가 집에 있었다. 그는 배다리 3층 영업장과 나란히 붙어 있는 별채의 살림집으로 나를 안내하려다 발걸음을 바꾸어 '배다리' 영업장으로 자리를 마련해 준다.

배다리는 시골에서 보기 드물게 잘 꾸며진 3층집이다. 고향 친구들의 말로는 원석이가 동네 사람들과도 잘 어울리지 않고, 이웃 대소사에도 여간해서는 참석지도 않는다고 했다. 그런데 만나고 보니 예전과 다르지 않았다. 그는 여전히 쾌활했다. 다만 형제들이 모두 떠난 집안을 혼자서 지키고 있고, 게다가 병든 지석이를 돌보고 있으니 아무래도 활발한 바깥 활동은 어려울 것이다. 그리고 100수의 노모를 지극정성 모셨다. 이것은 해보지 않으면 얼마나 힘든지 모른다. 동창들은 그것도 모르고 변절했다느니 하며 입방아를 찧어 댔다. 더구나 원석은 아내와 이혼까지 하고 남자 혼자의 힘으로 아이들까지 맡은 가장이었다. 그러니 누구도 그에게 침을 뱉어서는 안 된다.

나는 그의 큰아들이라는 청년을 소개받았다. 승협이라고 첫 눈에도 쏙 들어오는 잘생긴 녀석이었다. 그가 그의 동생인 승우를 소개해 줬다. 그는 서울에 있는 H미술대학에서 조각을 전공하였다고 한다.

이렇게 원석이네는 남자만 셋이고, 영업장에서 일하는 한 명의 여종업원이 있었다. 그곳에 원석이 부인이 없다는 사실이 너무도 안타깝다. 나는 큰아들 승협이라는 청년 앞으로 한 발자국 다가섰다.

“승협이라 했지. 네 엄마 연락 번호를 내놔라. 내 한번 만나 뵈려 한다.”

원석이도 그 옆에 섰던 그의 동생 승우도 아무 말도 하지 않는다. 만나자 마자 대뜸 헤어진 사람의 전화번호를 요구하니 모두들 어안이 벙벙해 한다. 나는 카운터로 가는 승협이를 따라 일어섰다.

“어머닌 부천 원미동 외갓집에 사세요. 여기요.”

하면서 그는 메모지에 그의 어머니 공 여사의 핸드폰 번호를 적어 두 손으로 내민다. 나는 그것을 받아 지갑에 넣으면서 원석이와 자리하던 카운터 바로 앞 테이블로 갔다. 그리고 원석이와 마주 앉았다.

“나, 지석이 봤다. 글쎄 날 알아보더라고, 좀 나은 거야?”

"어디서?"

"옛날 집 사랑채에서 뭐 찬송가를 불렀다더군, 멀쩡해 보이긴 하던데."

"아니. 그러다가도 감당 못 할 때가 일어나. 그 애 땜에 이것만 남고 다 없앤 것 아냐."

"그래. 알아. 너 이제까지 할 만큼은 했다. 그러니 더 이상 너 혼자 애쓰지 말고, 공 여사와 재결합해라. 내 힘을 좀 보탤게."

"네 말이 틀리다는 건 아냐. 하지만 난 아직 그렇게 못해."

원석인 그것에 대해 더 이상 말하려 들지 않는다. 내가 그의 뜻을 모를 리 없다.

"저렇게 잘난 아들들을 위해서라도 이젠 네가 너를 찾을 때가 된 거야. 이렇게 잘해놓고 안주인이 없어서야 어디 되겠어? 그리고 아이들 장가도 보내야 하지 않겠어."

"알았어. 알았다니까. 내일 점심때 은행동 너의 동네에서 만나 식사라도 한 번 하자. 이제 우리가 살아야 얼마나 더 살겠어. 나도 그건 알고 있거든. 하지만 지석일 맡았으면 끝까지 책임을 다해야지."

"내일 점심은 안 되겠다. 나 내일 사무실에 나가봐야 하니까. 다음에 시간 봐서 내 전화할게."

나는 테이블에서 일어서면서 원석이의 등을 툭툭 쳐준다. 그리고는 밖으로 나와 자동차에 오르면서 따라 나온 그의 두 아들과도 작별인사를 나눴다. 나는 다시 은행동 집을 향하여 차를 몬다. 집에 있던 아내가 걱정스런 얼굴빛을 보이며 나를 맞이했다.

"아니, 사무실에 안 가고 어디 갔다 왔어요?"

"으응. 원석이 좀 만나고 왔지. 미국에서 왔더라고. 당신한테 전해주라는 선물도 하나 받아왔는데."

"선물은 반갑지 않고, 요즘 일거리가 들어오지 않아요? 왜 맨날 놀기만 해요?"

"아니. 잘하고 있어. 이 스마트폰이 일을 다 하고 있거든. 일감이 들어오는 것도 이리로, 일이 처리되는 것도, 대금이 들어오는 것도 이리로, 건물의 등기부등본이나 주인의 신용관계도 이 스마트폰으로 알아볼 수 있어. 그리고 지불하는 것, 심지어는 공사계약이나 금전결산도 이것으로, 노무계약이며 임금지불, 공사대금의 청구 수령도 다 이 스마트폰으로 해. 그리고 세무서에 신고하는 각종 세금관계, 심지어는 내 회사의 실적관계서나 재직증명 같은 것도 이것으로 발송 처리할 수 있지. 팩스도 이리로 들어오고 나가고 어디 그뿐인가. 일하는 실황도 이 스마트폰의 동영상으로 앉아서 볼 수도 있고. 그러니 회사 밖에서도 지시 감독도 할 수 있는 거야. 내가 노는 게 아니고 스마트폰이 놀아야, 아니 고장이 나야 노는 거요. 내가 벌써 두 번째 설명하는 데 왜 또 걱정을 하는지 모르겠네."

아내 눈에는 그런 작은 일들이 보이지 않으니 걱정이 되는가 보았다.

21

천년 가까이 영화를 누리던 신라도 하루아침에 무너지듯 부귀와 영화는 깨어지기 쉬운 것임에는 틀림없다. 그처럼 당당하고 훌륭하던 진성환 씨 일가는 이제 마지막으로 단장한 카페 '배다리'와 살림집 밖에 없었다.

그런데 사람들은 왜 그런 이야기를 아무렇게나 떠벌리는 것일까? 교회는 그만두고서라도 가산을 털어 신천동까지 아이들을 보내야 했던 어려움을 덜어주려고 수천 평의 땅을 기증하여 은수초등학교를 세우게 한 진성환 씨의 공은 어디로 사라졌단 말인가? '검은 머리를 하늘로 둔 동물이 세상에서 제일 은혜를 모른다.' 하시던 내 아버지의 말씀이 새삼스럽게 진성환 씨 얼굴 위를 스치고 지나간다. 그 아버지가 일구셨던 땅들은 아직도 그 자리에 말없이 남아 있는데. 그렇다면 세월은 무얼 깎아 먹고 흘렀단 말인가? 그리고 20번도 더한 이사 끝에 찾아온 고향이다. 고향은 마음에서부터 따뜻해야 한다. 또 그 안에서 편안하고 자유로워야 한다.

나 역시 그런 생각으로 옳은 일을 행하며 기쁘게 여행도 다니고, 가까운 산에 올라가 사진도 찍었다. 아파트 발코니에 앉아서 이젤을 펴 캔버스를 올려놓고 그림도 그렸다. 못다 읽은 책을 펼쳐 독서삼매경에 들어가기도 한다. 그래도 시간이 남았다. 그처럼 좋은 일을 해도 시간은 남는다.

지석이를 돌보느라 100세가 되도록 오래 사셨던 그들의 어머니도 돌아가셨다. 이제 남아 있는 일은 원석이가 내 말대로 지석일 요양원에 아예 맡기는 거다. 그러고 나면 그의 아내는 스스로 그들의 자리로 돌아올 거다. 그리고 바로 승협이를 결혼시킨다. 결혼식에 원석이 부부가 화사한 옷을 차려입고 혼사를 치르는 모습을 상상해 본다. 참으로 아름다운 그림이다. 드가의 '춤추는 소녀'의 원화보다도 더 값진 그림을 보는 거다. 고향은 그들의 재결합으로 조금은 옛날 모습을 되찾을 테고. 그러니 내일, 내일을 기다려 보자. 원미동에 공 여사가 살고 있다니. 그리 멀지 않은 곳에 그들의 반쪽이 있다. 그 반쪽을 찾아 하나로 붙이면 그것 또한 훌륭한 작품이 아니겠는지.

"내일은 사무실에 갈 거지요?"

아내가 걱정스러운 듯 눈치를 보낸다. 나는 고생만 하여 이제는 주름이 많아진 아내의 얼굴을 어루만진다.

"아니 걱정 말라고 두 번씩이나 얘기했는데. 내가 집에 있는 게 싫은가 봐요.”

나는 무척이나 걱정스런 얼굴을 하고 있는 주름진 아내의 얼굴을 바라보다가 그녀의 몸을 당겨 품는다.

“아이, 누가 봐요.”

22

원석이의 큰아들 승협이에게서 그의 어머니 공 여사의 핸드폰 번호를 적어 온 뒤, 세 번째로 연락을 했다. 처음 두 번은 통화가 되지 않았다. 보도 못 한 번호이기 때문에 혹시 보이스피싱이 아닐까 해서 안 받았을 것 같기도 하다. 그런데 세 번째에는 그녀가 곧바로 전화를 받았다. 아마도 승협이가 내 얘기를 한 것 같았다. 나는 한번 만나자는 용건만 짧게 전했다. 그녀는 예전에 한번 만났던 그녀의 친정집 근처 원미초등학교 앞 커피숍에서 만나자고 한다. 나는 사무실에 갔다가 돌아오는 저녁 시간으로 정하고, 그녀는 날짜를 정했다. 그렇게 해서 토요일 오후에 만나기로 했다.

날씨가 꾸물거리더니 기어코 비가 내리기 시작한다. 어제는 소래산의 마애불상이 보물로 지정되었다고 소란스러웠는데, 오늘은 조용하다. 오랫동안 많은 사람들이 그저 남의 일처럼 버려만 두었는데 열성적인 시문화원장인 유병욱이 적극적으로 나서서 하찮은 바위덩이가 그예 보물이 된 거다. 그는 초등학교 동기동창으로 건너 마을에 사는데 내가 보기에도 정직하고 바른 사람이었다. 내가 은행동으로 이사 온 이후 그의 사무실이 우리 아파트와 가까운 곳에 있어서 두어 번 가서 차를 마시며 고향에 대한 얘기를 한 적이 있다.

유병욱. 그는 서울에서 대학을 나온 수재이기도 하지만, 다시 서울에서 직업을 잡지 않고 고향에 머물렀다. 그는 사슴을 기르며 농사를 짓고 있다.

나는 소래산 쪽으로 난 창문을 닫고 거실로 나온다. 식탁 위에 음식들이 치워지지 않은 채 그대로였다. 아내는 목요일이라 시 복지관 근처 공터에서 벌이는 목요 장터에 갔나 보다.

빨리 밥 한술 뜨고 사무실에 나가야 한다. 잔일들이 많이 남아 있어 그런지 밥맛이 없다, 나는 밥숟갈을 그대로 놓고 신발장 안에서 긴 우산을 꺼내 들었다.

오연일 만나는 일, 원석이 아내와 원석이가 재결합하도록 돕는 일, 시 문화원장 유병욱일 만나 수고했다고 식사라도 한번 나누며 치사하는 일들이 내게는 모두 잔일이지만 중요한 일이기도 하다. 그렇지만 지금은 우선 사무실에 가 사장으로서 여직원에게 얼굴을 내미는 일이 중요했고, 그다음은 오연일 만나는 일이 중요했다.

영등포행 버스는 쉬이 오지 않는다. 나는 스마트폰을 열어 111-1노선버스의 도착시간을 알아본다.

도착하려면 7분은 더 기다려야 했다.

나는 버스를 기다리면서 새삼스럽게도 〈잔일은 매우 중요하다〉는 고등학교 때 교장선생님의 말씀을 떠올린다. 그 말씀이 어느새 내 몸에 나도 모르게 배었나 보다. 그 잔일은 때론 큰일을 하는데 방해가 될 때도 있지만 그럼에도 잔일은 내게 언제나 우선이었다.

버스가 왔다. 나는 버스에 오른다. 버스는 여전히 나의 고향의 친근한 풍경들을 동승시켜 달려간다. 매일 두 번씩은 지나가는 나의 고향길. 삼거리를 지나고, 은수초등하교 앞을 지난다. 원석이의 '배다리' 아래를 또 지난다. 원석이의 '배다리'에는 그의 어머니도 그의 아내도 없다. 나는 원석이의 '배다리' 뒤로 작은 산기슭을 바라다본다. 그것도 얼마 안 있으면 개발이라는 이름으로 깎이고 다듬어져 돈으로 변하지 않을는지? 인간도 살다가 100세에 가까워지면 허물어져 간다. 다리엔 힘이 빠지고 생각은 아물거린다. 그리고 서서히 이 세상과 작별을 하고 한 줌의 흙이 된다. 지난달 초에 원석이 어머님도 그렇게 가신 거다. 지석이 땜에 오래 사셨지만 거기까지가 바로 인간의 한계다.

그리고 또 다른 세상이 우리 앞에 전개되어 젊은이들의 일거리를 앗아가고 있다. 바로 기계화. IT시대가 나래를 펴고 우리 눈앞에 확실히 날아온 거다. 어찌 보면 보이지 않아 못 믿을 것 같지만 어찌 보면 거짓을 할 수 없는 확실한 세상이 왔는지도 모른다.

23

영등포소방서 입구 '초원'에서 두 번째로 오연일 만난다. 매주 수요일마다 만나기로 하고선 월요일인 오늘 만나기로 한 이유는 오늘이 11월 9일. 119, 소방의 날이기 때문이었다. 그래서 내가 일부러 날짜를 당기어 오늘을 잡은 거다. 이날은 나와 아주 깊은 관계가 있는 날인 셈이다. 1991년 내가 서울소방본부 홍보실에 근무할 적에 11월 9일이 첫 번째 소방의 날로 제정되었다. 그때 바로 내가 KBS라디오 방송을 통하여 아침 7시에 "오늘은 11월 9일, 첫 번째 119. 소방의 날입니다."라고 전화기의 송화기에 대고 발표했다. 1990년까지만 해도 11월 1일을 '전국불조심강조의 날'이라 하여 플래카드를 만들어 전국적으로 그 날을 기념하여 왔으나, 1991년 11월 9일. 그 날부터 당시 내무부에서 법률로 공포하여 오늘날까지 이어온 거다. 11월 9일. 오늘은 소방의 날이다.

오연이가 먼저 '초원'에 나와 나를 기다렸다. 그녀는 내가 검은 옷을 좋아하지 않는 것을 알아차리기라도 한 듯, 이번엔 아주 짙은 밤색 정장에 엷은 녹색의 바바리코트를 걸치고 있었다. 바바리코트의 지퍼나 단추를 끼지 않은 채여서 그녀가 안에 입은 정장을 볼 수 있었다. 정장의 색깔이 유난히도 짙고 옷감이 두꺼워 따뜻해 보였다. 모직 플란넬처럼 보였다. 내가 먼저 말문을 열었다.

"저번 날 잘 들어갔지. 곧바로 들어갔어?"

"으음. 곧장 들어갔지. 거긴 와이프에게 혼나지 않았어?"

"혼나긴. 내가 뭐 어린앤가. 그리고 나 사실대로 말하고 다녀."

"아무리 좋은 사이라고 하지만 여잔 여자야. 이젠 더러 말하지 말고 다녀. 아무 말 하지 않는 것도 좋을 때가 있어."

오연인 내가 걱정이 되는가 보다.

"그런 넌 괜찮다고?"

"그래. 난 네 말대로 해방된 민족이야. 혼자 사는데 누가 뭐래."

"이거 큰일 났네. 해방된 민족과 놀아나게 됐네."

그리고 나는 싱긋 웃는다. 나이 든, 아니 늙은이들의 이런 대화라니 젊은 애들이 곁에서 들었다면 귀를 쫑긋하지 않았을까? 오연이도 빙긋이 웃는다.

"그래. 어머니, 참 고모님도 돌아가셨지? 고모님은 남대문 안에 사신다고 들었는데. 고모부가 법원장을 하셨다고 그랬던가?"

"벌써 돌아들 가셨지. 변두리 지법원장 하시다 변호살 오래하셨지."

"인생무상이라더니, 참으로 오래된 얘기들이네. 하기야 우리도 내일모레면 80인데."

소방서 쪽에서 사이렌 소리가 은은히 울려온다. '초원'의 방음장치가 완전하지가 않은가 보다. 기술적인 문제일까? 손님들이 출입문을 여닫기 때문일까. 다행히 큰소리는 아니었다.

"대낮에 불이 났나 보네. 넌. 저 소리 끔찍하지?"

"아니 끔찍하지 않아. 나는 걷다가도 소방차 소리가 나면 발길을 멈추고 그 소릴 심포니에서 심벌즈를 울리는 소리로 듣고. 사이렌 소리가 멀어질 때까지 서 있어. 그리고 그 소리가 마치 베토벤 교향곡 5번의 딴딴딴따~ 딴딴딴따~ 하는 소리로 들려. 나의 운명과 같은 소리라고 할까."

"별 표현을 다 쓰고 있네. 그냥 긴급한 상황이 발생했구나 하면 되는데, 뭐 심포니를 찾고, 운명을 찾고 있네. 그래 너 좋은 직업 잘 견디고 퇴직했다."

"너도 소방이란 직업을 얕잡아보는구나. 소방이란 아주 훌륭한 직업이라는 걸 난 30여 년 동안 몸으로 체험했거든. 사람이 죽고 사는 건 운명이라고들 하지만 불나서 죽는 건 운명이 아니다. 소방을 얕잡아서 당하는 거지."

라고 말하고 나니 지나간 나의 소방관시절이 한꺼번에 떠오른다. 화재현장에서의 많은 모습들이 눈앞을 아른거렸다. 순식간에 전 재산을 불태우고 울부짖는 사람들, 죽은 가족을 끌어안고 통곡하는 사람들, 그리고 불길과 싸우다 순직한 후배의 얼굴이 떠오르며 눈시울이 뜨거워져 왔다. 그런데 오연인 아무렇지도 않게 말하고 있다. 한참만에야 겨우

"위험한 적은 없었어?"

라며 다소 정색을 하고 말한다.

"왜 없었겠어. 요기 영등포소방서에 배명 받고 얼마 안 돼 처음 출동해 불을 끄는데 서툴러서 죽을 뻔했지.

그때 죽었음 개죽음이나 다름없었지만."

"개죽음이라니. 그땐 순직 처리가 안 됐다는 거지?"

"그래. 소방은 다른 법에 밀리다 한참 후에 결정되거든. 소방관이 죽으면 순직처리가 되는 법도 최근에야 입법됐어. 요기 영등포소방서에서 후배가 화재현장에서 순직했는데, 그 후배가 소방1호로 대전국립묘지에 안장되었으니까. 정말 최근이지. 그 다음은 나와 같이 구로공단에서 근무하던 후배 소방관이 또 2호로 갔지, 어느새 옛날이야기가 됐군, 그래."

"그랬었구나. 나는 소방관이 죽으면 당연히 국립묘지에 가는 줄 알았는데."

"아무튼. 현충일이 아니더라도 언제 한번은 가봐야 하는 건데."

"이 해가 가기 전에 한번 가보자. 어려울 것 없잖아. 대전은 두서너 시간이면 갔다 올 수 있어."

24

오연이의 말에 나는 곧바로 답을 하지 못한다. 정년퇴직을 한 지도 20년이 다 돼 가는데, 그 어렵던 직장이 뭐 좋았다고 넋두리 같은 말들을 지껄이고 있단 말인가? 나는 화제를 바꾼다. 오연이가 또 담배를 꺼내려는 것은 나의 얘기가 재미없다는 뜻 같기도 했다. 오연인 담뱃갑을 핸드백에 다시 넣는다.

"아까부터 묻고 싶었는데, 여자 자존심 건드린다고 그럴까 봐 이제 말하는데, 이 겨울에 바지도 아니고 웬 스커트야?"

"그것도 모르냐? 내가 언제 바지 입는 것 봤어. 젊었을 때도 난 스커트만 입었잖어. 몸뚱이라곤 다리밖에 예쁜 데가 없는데. 그리구 옛 애인도 만났는데, 없는 바지 새로 사 입을 필요도 없잖어."

"아냐. 너 학생 때도 예뻤어. 화장을 안 해도 얼굴이 뽀야니 예뻤단 말이야. 그래 내가 첫눈에 반했다는 거 아니냐."

나는 오연이의 짧지도 길지도 않은 두꺼운 플란넬 스커트 끝으로 그녀의 매끈한 다리로 눈길을 내렸다.

“이제 와서 아양 떨 것 없어. 원석이가 미국에서 왔다고 그랬으니까. 원석이네나 가자. 롯데백화점에도 들르구.”

오연이가 기분을 바꾸어 말을 한다. 우리는 얘기를 하느라 식어가는 커피를 단숨에 마셔버리고는 ‘초원’에서 일어섰다.

영등포역사에 들어섰을 때 오연이는 주차장으로 가지 않고, 백화점으로 들어설 것처럼 엘리베이터 타는 곳을 찾아 앞장을 서며 말한다.

“말이 나온 김에 내 바지도 하나 사야 할까 봐. 늙은이가 스커트만 입으니까 안 좋을 때가 있더라고, 너도 자꾸만 내 대리를 훔쳐보구. 그건 그렇고 내가 선물 하나 사주고 싶은데, 말만 해.”

“잘 생각했다. 안 입던 바지를 사겠다니 내 말은 잘 듣네. 내 선물은 고려해 보고. 늙은이들이 연애한다는 증거품이 될 수도 있으니까 말이야.”

“알았다. 오해라는 건 살인도 하게 한다는데, 젊은이들같이 흔적을 내며 다닐 필요는 없지. 대신 원석이네 가서 지석이도 보고, 점심은 내가 살게. 네 생일날이니까.”

“지석일 만날지는 모르겠지만 오늘은 내 생일날이니까 내가 살게.”

“아니지. 지난번에 네가 돈 썼으니까 오늘은 내가 낼게. 우리 불쌍한 소방관의 날이니까 내가 내야지."

"그래. 내 생일날이지. 그래서 그랬나 보다. 내가 홍보실에 근무할 때 시청기자실에 나가면 수십여 보도기관에서 기자들이 나와 있어. 한곳에서 2, 3명이 나올 때도 있지. 그런데 대부분의 젊은 기자들이 그렇게 친절할 수가 없어. 이제 보니 불쌍해서 그랬나 보구나. 불쌍하다는 말은 사랑이 있어 하는 말이라고 하는데, 내 아내도 내가 불쌍하여 오늘까지 살았고. 또 있다. KBS TV에 유 기자라고 여자 기자가 있었는데, 내가 시청기자실에서 그녀를 만날 때면 나를 보는 그녀의 눈에는 항상 이슬이 맺혀 있었지. 그녀는 나를 꼭 '진 선생님'이라고 부르면서 '뭐 찍을 것 있어요?' 하며 정말 잘해주었다. 아마 내가 자기 아버지, 아버진 좀 그렇고 자기의 큰오빠 같아서였나 보다. 그건 불쌍한 마음이 없음 안 되는 거거든. 참으로 아름다운 여인이었지."

우리는 롯데백화점 3층, 여성의류 전용매장으로 올라가 오연이의 겨울 바지를 골랐다. 아내에게서도 늘 느끼는 거지만 바지 하나 고르는데, 여자들은 많은 시간을 쓴다. 오연이도 한 시간은 걸렸나 보다. 내 의견대로 내 물건은 사지 않는다. 요즘 남자나 여자의 바지가 모두 홀태에 가깝다. 타이즈나 레깅스, 스키니 진은 좀 그렇고, 쫄바지를 하나 골랐는데 오연이가 자랑하는 다리의 선은 나오지 않았지만 스커트보다는 나쁘지 않았다.

꽤 비싼 가격이라 주차료는 낼 필요가 없어졌다.

"원석이네로 가는 거다."

오연인 차에 오르면서 자신에 차 있다. 서울에서 그녀의 고향집으로 가려면 오류역을 지나 바로 좌회전을 하든지 조금 더 가 동부제강 끝에서 좌회전을 해야 한다. 그 길은 오류광산 시절부터 큰 신작로로 전기까지 따라 들어간 외길이니 내비게이션도 필요 없다. 그녀의 차에는 지난번에 없던 것이 달려 있었다.

"어, 내비게이션 달았네."

"그래. 내 말 했잖아 주문했다고. 혼자 운전할 때 대화하며 가는 것 같아 좋더라고. 그리고 주의사항을 안내해주니 안전운전도 할 수 있고 참 좋더라구. 스마트폰으로 하는 법을 알려 달랠까도 생각했었는데, 그럴 필요가 없어. 참으로 편리한 세상에 우리가 살아. 그렇지?"

25

우리는 롯데백화점에서도 식사를 하지 않고, 경인로로 들어서 곧바로 원석이네로 향한다. 신도림역 앞을 지나고 구로역 앞을 지나 고척교를 지난다. 오류IC를 또 지나 오류역 입구를 지나 기차굴 다리를 넘어 인천을 향하다가 동부제강입구 교차로에서 좌회전을 하니 7호선 천왕역 앞을 또 지나간다. 금오로로 들어서는 시골길의 산천이 아직은 아름다웠고, 공기도 맑아 기분이 좋다.

서울이 강남으로 뻗치지 않고 서남쪽으로 발전을 해나갔다면 우리 고향은 도시화가 되어 지금처럼 아름답지 못했을 거다. 지나간 세월아. 이제와 아쉬워 마라. 산천은 그대로 있는데, 변한 건 너희들의 마음이 아니더냐? 시라도 한 수 짓고 싶은 심정이 마음속을 쓸고 지나간다. 나는 차창 밖에 펼쳐진 고향산천을 더 이상 보지 않기로 하고 눈을 감는다. 오연이도 중리 방앗간 집 딸로서 살아온 지난 날 속으로 들어갔나 보다. 말이 없었다. 오연이의 자동차는 이제는 늙은 남자를 태우고 아무 말도 없이 잘도 달려나간다.

옛날에는 친구들과 재잘거리며 오류동에서 집까지 걸어 다녔다. 한 시간도 더 걸리는 길이었다. 이제 자동차로 10분이나 걸릴까. 그야말로 눈 깜박할 사이에 자동차는 원석이네에 도착할 거다. 자동차는 조리과학고를 지나 첫 번째 네거리에서 우회전하여 탄천고개를 넘어간다. 오연이나 나는 입을 다문 채다. 내비게이션은 내가 눈을 감고 있어도 정확하게 안내하고 있다.

"이제 곧 목적지에 도착할 것입니다. 경로 안내를 종료합니다."

오연의 말대로 우리는 참으로 신기한 세상에 살고 있다. 어떻게 하늘에 뜬 인공위성이 우리들의 행로를 그렇게도 정확히 내려다보고 있단 말인가? 참 좋은 세상이다. 이제 우리나라도 정치만 잘한다면 얼마나 좋을까? 나는 감았던 눈을 뜬다. 오연이가 자동차를 '배다리' 앞마당에 주차를 시킨다.

"야아~. 근사하다. 원석이가 여길 운영한다고?"

그러고는 차에서 내려 두리번거린다. 혹시 지석이가 보일까 해서일 거다. 그러나 지석인 보이지 않는다. 원석이와 내가 미리 오연이가 지석일 못 보게 그들의 옛날 집으로 가 있게 했다.

우리의 모교 '은수초등학교'가 바로 코앞에 보인다. 나는 올라온 길을 따라 저수지를 바라본다. 둑에 앉아 낚시질을 하고 있는 강태공들이 여전히 듬성듬성 세월을 낚고 있고, 꽤 큰 저수지의 수면이 햇빛에 반사되어 큰 거울을 만들어 내고 있었다.

그리고 거울 속에 서 있는 봉내산이 오연이가 태어난 중리를 가리고 있었다. 나는 시골 신작로 위로 지나가는 111-1 버스를 내려다본다. 작은 산 밑이라, 산기슭을 타고 맑은 바람이 불어온다. 도시와는 다른 기분이 느껴지는 좋은 바람이다. 이 아름다운 산천이 바로 내가 태어난 나의 고향이다.

26

원석이의 아내 공 여사와 부천에서 만나기로 한 토요일 오후, 철늦은 가을비가 쏟아지고 있다. 어떤 지방에선 제한급수까지 하였다던데 늦었지만 비가 내려주니 고마운 일이다. 그러니 단지 귀찮다는 이유로 비를 탓할 수는 없다. 나는 지하주차장으로 내려가 자동차의 시동을 건다. 엔진은 잘 돌아간다. 윈도브러시도 잘 움직인다. 나는 한 번 갔던 곳이라 스마트폰의 [목적지] 앱을 켜지 않고 차를 출발시킨다. 부천으로 가는 여우고개를 넘어 소사삼거리를 지나면 부천역이 나온다. 거기서 북부 부천역으로 가기 위해 상곡고가 차도를 넘어간다. 그러면 원미초등학교가 나온다. 한 번 와본 곳이다. 근처에 주차를 시키고 '원미다방'을 찾았다.

비가 출발할 때보다 더 많이 내린다. '원미다방'은 '커피숍 원미'라고 이름을 바꿔 달았을 뿐, 그 자리에 그대로 있었다. 나는 그리로 들어간다. 원석이 아내 공 여사가 먼저 와 기다리고 있었다. 나는 비에 흠뻑 젖은 우산을 다방 입구 우산꽂이에 꽂고 그녀 앞으로 간다.

"참으로 오랜만입니다. 안녕하셨죠?"

"네에. 은행동으로 오셨다면서요?"

"네에. 승협이가 의젓한 청년이 되었더군요. 그 앨 보고 세월 참 빠르구나 했습니다."

"연락받았습니다. 총무님께서 절 만나시겠다는."

"총무 이름으로 만나는 게 아니고, 이번엔 아이들 결혼 문제 때문에 좀 뵙고 싶었습니다. 승협이나 작은 애 승우를 보니까 남의 일 같지 않단 생각이 번뜩이질 않겠습니까.

내가 얼마 전에 강원도 고성에 가 친구아들 결혼식을 보았습니다. 그때 그 친구 옆에 그 부인이 아니고 그 친구 딸애가 부부처럼 나란히 앉아 있질 않겠어요. 얼마 전에도 그 친구 부인을 보았는데 말입니다. 그래. 물어봤더니 바로 전에 이혼을 해 그렇게 됐다는 겁니다. 그날의 그 장면을 고향에 와서 다시 보고 싶지 않더라구요. 제 맘 이해하시겠어요?"

그녀는 대답하지 않는다. 나는 본론으로 들어가기로 했다.

"그 친구야 딸이라도 있어 그나마 좀 괜찮았지만, 원석이는 어디 숨겨놓은 딸이라도 있습니까? 이제 지석이도 요양원으로 보내겠다고 하였으니까 원석이 집엔 남자들만 셋이 남는 겁니다. 그렇게 잘해놓고 안주인이 없어서 되겠습니까?"

"말씀은 좋습니다. 저도 그런 생각을 하고 이렇게 나왔는지 모릅니다. 하지만 벌써 스스로 요양원 입원을 없던 일로 하자고 취소를 했다지 뭡니까. 그 사람 그런 사람이에요. 오죽하면 우리가 이렇게 되었겠어요. 본인의 의지, 그게 문제에요. 효자도 좋고 고집도 좋지만 아내 생각은 조금도 안 해주는 그런 사람. 아세요?"

"아니, 그래요? 스스로 입원을 취소했대요? 지난 월요일에 분명히 나보고 그랬는데요. 다음 달 초에 들어갈 거라고요. 사설이라 그랬나."

"벌써 연락받아서 알아요. 그 양반 성질이 그래요. 다 좋은데 나한테만 양보가 없어요."

나는 어안이 벙벙해져 말할 힘을 잃었다. 맥이 떨어졌다. 그러나 그냥 물러설 수는 없었다.

"혹시 공 여사에게 현재 다른 곤란한 사정이라도 있는 겁니까?"

"자식을 둘이나 둔 여자가 곤란한 일이 어디 있겠습니까. 아이들하곤 처음부터 자주 연락하고 있습니다. 남자들은 여자 마음을 그렇게 모릅니까?"

그녀는 얼굴에 홍조까지 조금 올리며 말을 뱉는다. 이해가 가는 대목이다. 나는 소문에 떠도는 지석이와의 일들이 소문에 불과하다는 쪽으로 마음을 굳힌다. 그렇다면 원석이가 문제다.

그의 지석에 대한 책임이 도를 넘어서인데 그 도를 넘지 않게만 하면 이 문제는 간단히 해결이 된다. 원석이의 고집을 누그러뜨리고 천천히 아들 결혼식 얘기를 해나가면 일이 쉽게 풀릴 수도 있다는 생각이 들었다. 11월 9일 소방의 날 오연이와 '배다리'에서 그를 만난 이래 내린 결론이다.

나는 먼저 일어섰다. 여전히 비는 소리를 내며 쏟아진다. 아내의 말대로 우리나라는 참으로 좋은 나라다. 그렇게 가물었는데, 하늘은 또 비를 흠뻑 내려주고 있다. 나는 조심해서 천천히 자동차를 몰고 왔던 길을 되돌아간다. 그리고 마침내 아파트 주차장에 차를 세운다. 하늘에서 내리는 비로 자동세차를 하기 위해서였다.

"승협 엄마 만났어요? 그래 합칠 것 같아요?"

비가 내려서 걱정됐던지 아내가 기다리고 있었다. 아내는 차에서 내리는 나를 붙잡고 물어온다. 나는 웃으면서 태연히 말한다.

"그럼 만났지. 문제는 승협이 아빠에게 있더군."

"아니. 승협이 아빠가 문제라니요?"

"그 친구 다시 봐야 되겠어."

"문제는 뭐고, 다시 보다니요?"

아내가 나의 곁으로 바싹 다가서며 물어온다. 나는 빗방울이

문은 겉옷을 벗어 옷걸이에 걸면서 대답한다.

“글쎄 말이야. 좀 들어보라고, 그 친구가 동생을 요양원에 보내기로 했다고 그랬잖아. 그런데 입원할 일이 가까워 오니까 전활 걸어서 취소했다는군, 없었던 일로 하자고. 아내와 이혼까지 하며 병든 동생을 데리고 살았는데 다시 아내를 맞으려고 동생을 버리는 것 같아 그럴 순 없다는 것 아니겠어. 참으로 놀라운 일이지. 우리 같았음 어림도 없는 일이지. 그렇게 깊은 생각을 가진 친구인지는 몰랐어. 애들은 어쩌고저쩌고하겠지만 요즘 세상에 그 친구같은 사람이 어디 또 있겠어?”

“듣고 보니 그러네. 참으로 굳은 생각이네. 동생이나 어머니는 아프니까 보살펴야 할 사람들이지만 아내는 나중에라도 돌아볼 수 있고. 어쨌든 놀라운 일이다. 당신 이제는 그 일에 나서지 말아야겠어요.”

“당분간은 그래야 하겠지.”

“당분간이 아니라 아예 상관 말아요. 당신이 몇 배 더 훌륭한 사람 같아요.”

27

살아간다는 건 만만치 않은 투쟁이다. 원석이와 그의 아내 일만 하더라도 벌써 몇 년째인가? 내가 그들 사이에 끼어들어 가 그의 자식들을 만나고 그의 아내까지 만나서 왜 얽힌 문제를 해결해 주어야 하는가? 나를 알고 있는 친구들은 또 내가 할 일이 없어 그런다고 하겠지. 제 앞가림도 썩 잘해 나가지 못하는 주제에 남의 일에 껴든다고 흉을 보는 친구도 있을 게다. 아무려면 어떨까. 나는 그들이 나의 친구들이고 굳이 따지면 진 씨 가문의 일원이고 더욱이 오랫동안 부모 형제들이 한 동네에서 같이 살아오지 않았는가. 그리고 또 하나는 내가 동창회의 총무를 오랫동안 해오지 않았는가. 이미 그들과 나는 떼려야 뗄 수 없는 사이가 아닌가?

깨끗한 사람. 책임지는 사람. 부지런한 사람이 되기 위하여 나는 최선을 다할 뿐이다. 저번에 오연이와 원석이네 카페 '배다리'에서도 그런 말을 했다. 결과는 그들의 선택에 달렸다. 우리는 이득을 위하여 일하지 않는다. 좋은 기회는 다른 쪽에서

다가오고 있다. 원석이 아들들의 결혼식이다.

내가 원석이 아내에게 친구 아들의 결혼식 얘기를 했을 적에 공 여사는 나의 말에 공감하고도 남는다는 뜻을 이미 내비쳤다.

비는 내릴 만큼 오다가 그친다. 주일엔 맑고, 춥지 않은 날씨가 되겠다고 했다. 방송국 기상캐스터가 전한 예보다. 아내와 나는 교회를 가기 위해 집을 나선다. 내 자동차는 조금 낡았지만 필요할 때마다 아무런 불편 없이 잘 타고 다닌다. 내가 사는 은행동에서 덕수궁 뒤 우리 교회에 가려면 천천히 가도 1시간이 안 걸린다. 아내는 여러 차종들을 잘 모르고 지내지만 제일 좋다는 '벤츠'는 아는 모양이다. 아내는 우리의 자동차를 '벤츠'라 부른다. 여자로서 '사모님' 소릴 많이 듣지 못하고 살아가는 형편이지만, 내가 운전하는 우리의 차 안에서 아내는 아주 훌륭한 사모님이다.

나는 교회에 갈 적이나 서울 시내로 갈 때에는 꼭 모교인 '은수초등학교'앞을 지나는 길을 따라 오류광산 옛길로 다닌다. 아름답던 나의 어릴 적 추억을 떠올리면 마음이 평안해지기 때문이다. 오전 10시 반쯤에 나는 정동에 도착하여 서소문로에 있는 배재빌딩 주차장에 아내의 '벤츠'를 주차시킨다. 주일날에 한해 이 주차장은 우리 교회에게 큰 혜택을 주고 있는 곳이다.

오늘 목사님의 설교는 나의 세 가지 교훈보다 더 많은 사람들의 예를 들은 설교다. 첫 번째 사람-게으른 사람. 두 번째 사람-냉소적인 사람. 세 번째 사람-증오심이 많은 사람. 네 번째 사람-숙명론자. 다섯 번째 사람-의심이 많은 사람. 여섯 번째 사람-상대방을 업신여기는 사람. 일곱 번째 사람-남을 원망하는 사람. 여덟 번째 사람-회의주의자. 목사님이 말씀한 사람들의 유형이다. 그러면서 감사할 줄 아는 사람은 단순하고 깨끗한 마음의 소유자라 하신다. 다시 말해 겸손과 순수한 마음의 소유자라는 말씀이다. 그렇다면 나는 감사할 줄 모르는 사람에 속한다. 게으른 사람도 아니고, 냉소적인 사람도 아니고, 증오심이 많은 사람도 아니고, 숙명론자도 아니고, 의심이 많은 사람도 아니고 상대방을 업신여기거나 남을 원망하는 사람은 더더욱 아니다. 하지만 나는 언제부터인가 나도 모르게 학교의 교훈이나 부모에게서 받은 효의 사상을 실행하며 살아간다면 오히려 손해를 본다는 생각을 했다. 그러면서 현실을 부정하는 회의론자가 된 것이다. 그러니까 감사할 줄 모르는 자가 된 거다. 나는 부자동네에 태어나지 않고 이곳에 태어난 것을 조금 원망했으며, 명망 있는 사람이 되지 못하고 그저 그런 처지에 있는 사람이라고 생각해 왔다. 즉 현실을 불평하는 감사할 줄 모르는 사람이었다. 이것이 나의 실존이라는 것을 못 느끼고 살아가고 있는 나를 위하여 나의 아내는 오늘도 '내 사랑하는 사람을 용서하여 주시옵소서!'라며 내 죄를 사하여 달라고 눈물을 흘리며 예배시간 내내 기도를 드린다. 이것이 나의 실체다.

나의 아내는 목요일에 시골 장터에 가는 일과 수요일 저녁예배, 그리고 주일에 3부 예배에 참석하는 일을 큰 기쁨으로 여기며 살아가고 있다. 아내의 예배는 기계의 톱니바퀴처럼 거의 일정하게 돌아가고 있지만 나는 톱니가 더러 빠진 기계처럼 돌다가 서다가를 반복하며 이곳을 찾고 있다. 오늘따라 부지런한 사람이 되기 위하여 더욱 열심히 살아야겠다는 생각이 들었다. 목사님의 설교처럼 감사할 줄 아는 사람이 되어야 아내와 밸런스가 맞아 아주 행복하고 평화로운 삶을 살아갈 수 있을 것인데. 오늘 교회에 잘 왔다. 목사님의 점점 더 좋아가는 설교와 달라진 성가대의 찬송, 오케스트라 연주자와 지휘자의 열정. 성가대원 한 양의 특별찬송은 결국 내게서 눈물을 짜내고 말았다.

나의 영혼 피곤해 지쳐 있고 나의 마음 어쩔 수 없을 때
고요하게 들리는 주의 음성 내게로 오라 내 품에 안기라
험한 산길 나 홀로 걸어갈 때 거센 파도 날 위협할 때
주님은 나를 품에 안으사 힘주시고 일으켜 주신다

28

월요일이다. 모처럼 사무실에 가려고 버스 정류장에서 버스를 기다리고 있는데, 스마트폰으로 '긴급사항'이 알려져 온다. 외줄을 타고 건물의 외벽을 닦는 이른바 외줄타기 작업에서 사고가 발생했다는 소식이다. 나는 걱정스런 발걸음으로 다시 집으로 돌아가 서재 책상 서랍에 두고 온 자동차의 키를 꺼낸다. 서두르는 모습을 본 아내가 걱정스런 얼굴을 하며 무슨 일이냐고 묻는다.

"안양현장에서 작업을 마치고 내려오는 도중에 사고가 났다는군. 빨리 가봐야겠는데. 큰일은 아닐 거야. 걱정하지 말고 있어요. 내 전화할 테니까요"

"전화 꼭 해줘요. 운전 서두르지 말고요."

불안함이 엄습해 오기 시작한다. 마음을 가다듬어야 한다. 기쁨이 있을 때는 바로 그 뒤에 사탄이가 배시시 웃으며 슬픔을 던져다준다고 한다. 반대로 슬픔이 있어 울고 있을 때, 하나님은 곧바로 기쁨을 예비하신다. 악과 선은 처음부터 우리 일생을 반반으로 나누어 먹자고 짜고들 한 것은 절대로 아닐 텐데 말이다. 나는 경인 제2고속도로로 들어서면서 나에게 긴급사항을 알려준 미스터 최에게 전화를 걸었다. 그런데 받질 않는다. 점점 더 불안해진다. 석수IC에서 삼막터널 쪽으로 직진을 하지 않고 우회전하여 경수대로로 접어든다. 예술공원고가차도를 건넨다. 대림대학 곁을 또 지나면서 평촌 쪽으로 가는 지하차도로 진입하지 않고 과천 쪽으로 가기 위해 도로 우편 길을 택해 가다가 좌회전 선에 멈춘다. 좌회전 신호는 왜 그리도 긴지 초조함에 한숨이 다 나왔다. 안양종합운동장 입구를 또 지난다. 관양동 우체국 건너편 높은 빌딩을 바라보며 건물 뒤편으로 들어선다. 건물 밖에는 조용했다. 이미 상황이 끝난 것은 아닌지 사람들이 보이지 않는다. 그때 어디에 있다가 나를 보고 나타났는지 미스터 최가 달려온다.

“진 사장님. 걱정 마십시오. 우리 한사장님이 마지막으로 2층을 닦으시고 기분 좋게 내려오시다 그만 안심하셨던 모양입니다. 줄에서 미리 내리시는 바람에 그만 땅바닥에 그대로 쓰러져 발목을 접질려 일어나지 못하신 겁니다. 한 사장님도 이제는 연세가 있으셔서 그전 같지 않으신 겁니다.”

“그런데 어디들 갔기에 보이지 않는 겁니까?”“아~ 네. 12층 임원실에 박 전무님과 함께 계십니다.”

"그럼 전화라도 좀 받아야지. 전환 왜 안 받아요?"

"전화하셨어요? 마음이 급하니까. 전화 소리가 들리지 않았나 보네요. 죄송합니다."

"알았어요. 줄 내리고 마무릴 합시다. 내 박 전무 좀 만나보고 옥상으로 올라갈게요."

천만다행이다. 공사계약을 할 때에는 모든 피해는 하청업자가 지게 되었지만 그건 어디까지나 계약상 약정이고 건물주나 나에게나 모두 책임이 있다.

나는 한숨을 한번 쉬고는 12층에서 엘리베이터에서 내려 넓은 복도를 지나 임원실을 노크한다. 임원실에 들어서니 외벽 닦기 한 사장은 미안해하고 박 전무는 밝은 웃음까지 지어 보이며 나를 반긴다. 지금도 나는 박 전무와 외벽 닦기 계약을 맺을 때 그가 한 말을 잊을 수가 없다.

"우리 회사의 궂은일은 다 진 사장에게 줄 것이요. 열 번이면 열 번 다요. 소방에서 진짜 궂은일을 하셨는데, 이보다 더 전문적인 사람이 어디 있겠어요. 우리 사장님은 진 사장님이라면 팥으로 메주를 쑨다 하여도 믿으신대요."

했다. 그는 이번에도 그저 하늘이 도왔다고만 말한다. 내가 부탁이나 청탁하지 않았는데도 왜 일을 줬을까. 도대체 알 수가 없다. 예전에 내가 KBS에서 119상을 받을 때 내 모습이 그들의 눈에 불쌍하게 각인이 됐었나? 순전히 돕고자 하는 선심에서일지 모를 일이지만 그때가 벌써 언제인가. 내가 정년퇴임을 한 지가 20여 년이나 되는데. 아마도 동창친구 중에 누군가가 모르게 간접적으로나마 불쌍한 나를 돕고자 했을지도 모를 일이다. '측은지심', 아마 이번에도 나의 예측은 후자 쪽에 80% 이상 맞는 일일 게다. 깨끗한 사람, 책임지는 사람, 부지런한 사람 중에 그 주인공이 있을 게다.

"여보. 하늘이 우리를 또 도왔나 봐요. 아무 일 없어요."

나는 눈물을 흘리며 기도하고 있을 아내에게 전화를 건다. 아내는 '하나님 감사합니다.'고 외치며 전화를 받는다. 나는 바로 사무실로 갔다가 집으로 갈 것이라 말하고 전화를 끊는다. 겨울에 웬 비가 많이 내리는지 아침에 내리던 비는 아직도 그치지 않고 내리고 있다. 나는 아까 오던 길을 되돌아가다가 석수역 쪽으로 이어지는 시흥대로로 들어선다.

29

안양에서 사무실로 돌아오니 전화 받는 여직원이 반색을 하며 사장인 나를 반긴다. 사무실이라야 책상 하나와 세 명 정도 앉을 수 있는 소파 둘, 소파를 양쪽으로 가른 탁자가 하나 있을 뿐이다.

책상은 내 것이 아니고 여직원의 것이다. 나는 책상도 없고, 탁자를 가운데로 양쪽을 바라볼 수 있는 홀로 놓인 소파가 나의 자리다. 날 찾아오는 손님이나 친구들을 대하기 위해 마련한 자리일 뿐이다. 난 사무실에서 업무를 보지 않고, 거의 모든 일을 여직원과 전화 통화하거나 내 스마트폰으로 처리한다. 그러다 사무실이 너무도 허술해 보여서 얼마 전에 겨우 소파에서 바로 보이는 위치에 모교의 전경사진을 걸어두었다. 모교의 옛 풍경으로 한 벽면이 거의 차도록 아주 크게 확대한 것이다. 그것을 보기 좋은 액자에 넣어 걸어 놓았다. 그 사진에는 나 같은 학생이 벌을 서는지 건물 밖에서 차렷 자세를 취하고 동쪽을 보고 있다. 그리고 건물 중앙 현관 위로 솟은 굴뚝은 너른 하늘을 향하고 있었다. 그 그림은 동창모임에서 받은 것으로 졸업장보다 도 내겐 더 위용이 있게 느껴진다.

지금은 찾아가 보려 해도 학교 전체가 강남으로 이사를 하고 그 자리에는 옛 궁터 복원으로 전혀 다른 건물이 들어서 있다. 아내가 그 사진을 처음 보았을 때 사진 속에 있는 학생이 나냐고 물었다. 그러면서 다른 학생들은 모두 교실에 들어가 공부를 하고 있는데, 선생님 말씀을 얼마나 듣지 않았으면 밖에 혼자 있는 거냐고 했다. 그러니 그 사진은 학교를 자랑하려고 걸어 놓은 것이 아니다. 결국 나는 그 사진을 허술한 사무실 분위기를 띄우기 위함이 아니라 잘못된 나를 반성하는 의미로 걸어 놓은 셈이다. 그 사진 밑에 우리의 교훈을 컴퓨터로 확대해 뽑아서 걸어놓고도 싶었다. 그러나 그만두었다. 그 말들은 이미 평생 동안을 내 마음속에 걸어 놓고 있는 것들이 아닌가.

깨끗한 사람
책임지는 사람
부지런한 사람

깨끗이 청소된 나의 자리에 앉았다. 10여 분이나 지났을까 여직원 앞에 있는 분홍색 전화기가 울어댄다. 나를 찾는 전화 같다.

원석이 작은아들 승우가 그의 어머니 일을 의논하고자 나를 만나러 영등포엘 왔다고 한 전화다. 나는 사무실의 위치와 건물의 명칭들을 자세히 일러주었다. 승우에게 사무실로 들어오지 말고 옆 건물 지하에 있는 '영빈다방'으로 찾아오라고 전했다. 그러곤 바로 '영빈다방'으로 내려가 승우를 기다린다.

30

승우는 비에 흠뻑 젖은 우산을 든 채 내 앞으로 와 앉는다. 아직도 비가 내리고 있나 보다.

"그래. 아버지가 만나보랬어? 아니면 어머니가? 아니면 승우 의사로?"

"학교에 가다가 아무래도 진 사장님을 만나 뵈어야겠다는 생각이 들어서요."

"그러니? 족보로 따지면 내가 네 할아버지뻘이지만, 그냥 아저씨라고 부르고. 예까지 왔으니 내가 말을 하겠다. 나 그제 네 어머니 만나고 왔다. 건강하게 잘 계시더라. 걱정 말고, 취업준비나 잘하고 시간 나는 대로 너의 형과 같이 너의 아버지 고집이나 좀 수그러지게 해라. 알았지? 그래야 너의 어머니도 편히 오실 거다. 이제 다른 걱정은 하지 않아도 될 게다."

"아뇨. 그게 아녜요. 아버지 마음이 아직 안 풀리셔서 제가 의논드리려 온 거예요. 안 그래도 어제 어머니랑 통화해서 사장님 만나고 오신 것 알아요. 그래서 형하고 그 얘기를 하고 있는데 아버지가 들으시곤 화를 벌꺽 내시더라고요. 그렇게 화내시는 건 처음 봤어요. 어떻게 해야 할지 모르겠어서 아저씰 찾아왔어요. 형이 사장님 명함을 줘서 전화 드린 거고요."

"아니, 아버지가 왜 화를 내시던?"

"네에. 내 눈에 흙이 들어가기 전엔 네 엄마 여기 못 온다 하시잖아요. 그런 소린 처음 듣거든요."

"너 승우라고 했지?"

"네에."

"걱정하지 마라. 내가 너희 아버지하고 여러 번 만나 너의 엄마 얘기했다. 너희 아버지니까 너희들이 잘 알겠다마는 너희 아버지의 그런 고집은 남보다 조금 다른 것뿐이지 너희들이나 너의 어머니가 미워서가 아니다. 나도 그런 소리 몇 번 들었다. 너무 걱정하지 마라. 넌 취업준비나 잘하고 형은 또 결혼을 해야 하니까 너의 아버지도 어쩔 수 없을 게다. 이번 우리들의 연말모임이 고비가 될 게다. 그리 알고 아버지 비위 잘 맞춰 드려라. 알았지?"

"그게 아닌데? 전엔 그러시지 않으셨는데요. 아무래도 진 사장님이 엄마 만나보신 게 잘못된 게 아닌가 해서 제가 뵈러 온 거예요."

"그래. 그게 걱정이 돼서 왔다고?"

말을 던지고 나서 승우의 얼굴을 쳐다본다. 그는 나의 입에서 이해할 수 있는 해명을 기다리기라도 한다는 듯 입을 열지 않은 채 나의 눈길을 피하지 않는다. 나는 도무지 이해가 되지 않는다. 내가 원미동에 가 공 여사를 만나려고 그들이 보는 앞에서 그의 큰아들에게서 공 여사의 연락번호를 적어 받았으며 처음으로 공 여사를 만나는 것도 아닌데 그 후로 원석이가 아들들에게 화를 냈다는 건 이해가 가지 않는다. 분명 다른 일이 있는 거다. 나는 지석일 떠올린다. 오연이의 꿈 얘기가 번뜩 생각난 거다.

"혹시 지석이 삼촌이 잘못된 게 아니냐?"

"아뇨. 요즘은 별일 없어요. 그래서 아버지가 요양원에 입원하는 걸 취소했다고 들었어요."

"알았다. 내가 곧 들어가다가 아버질 만나볼 테니까 걱정하지 말고 가거라. 아무 걱정하지 마라. 알았지. 그리고 네 큰 삼촌이 미국 가셔서도 여기에 있는 친구들에게 국립요양원을 알아본다고 하셨으니까, 오늘이라도 미국에서 연락이 오면 너희 아버지는 더 이상 고집을 안 부리실 거다. 그러니 아무 걱정하지 말고 기다려 보자."

승우는 더 이상 말을 하지 않고 일어서서 다방을 나간다. 걱정은 걱정이다. 다 집안에 어머니가 없어서 별일 아닌 것도 해결하자니 어려운 것이다.

31

오연일 만나기로 한 수요일. 영등포소방서로 가는 길 옆 모퉁이에 있는 '초원' 안으로 들어서는 나의 발걸음은 가볍지가 않았다. 원석이 아내의 일로 원석이 작은아들을 만난 일이라든지 앞으로 오연일 만나서 어떠한 데이트를 할 것인지도 걱정거리였다. 이 나이에 바쁜 이 거리에서 얼마 남지 않은 시간을 혹시 소비만 하는 게 아닌가 하는 걱정이 엄습해 오기도 한다.

"늦었네. 저번 날도 늦었지?"

오연이가 먼저 와 기다리고 있었다. 그래도 오연이는 환한 미소로 반갑게 맞이한다. 나는 천천히 그녀의 앞으로 가 앉으면서 입을 연다.

"많이 늦었지. 너도 늦었겠다."

"나야 누가 책할 사람도 없는데. 네가 와이프에게 혼나지나 않았는지?"

그녀는 아내를 들먹이면서도 환한 얼굴로 말을 해온다. 나는 그녀의 새로워진 옷차림을 유심히 본다. 짙은 자색의 모 원피스, 코트는 저번에 입은 것이다. 자동차를 가지고 다녀서 그런지 코트는 입지 않고 옆의 빈 의자에 걸쳐두었다.

“혼나긴 내가 뭐 어린앤가. 우리 집안 얘긴 그렇고. 원석이 작은아들이 그제 날 찾아 왔었어. 그래서 나 오늘 ‘배다리’에 또 들렀다 가야 되겠는데.”

“원석이 일은 천천히, 나도 도울 테니까. 오늘은 나하고 어디 가서 데이트나 하자. 영화라도 보든지. 아니면 동해 쪽으로 드라이브라도 할까?”

“영환 좀 그렇다. 이 나이에 젊은 애들 틈에 끼어 어두컴컴한 곳에서 두 시간이나 입을 다물고 있기가 좀 그렇다.”

“그럼 어딜 가나? 답답하고 짜증나는데. 동해 해돋이 거기 좋겠는데, 바다도 멀리까지 볼 수 있고.”

“해돋이를 보려면 자고 와야 하는데, 그러자고?”

“그래. 꼭 한방에서 자야 한다는 철칙이 있는 것도 아니고, 너만 괜찮다면야 우리가 이 나이에 무얼 어쩌자는 건지. 왜 육체적인 생각만 해. 젊었을 때도 우린 정신과 육체관계를 공평하게 운영하면서 잘 지냈는데.”

“그렇게 생각한다면 난 언제든지 오케이다. 음으로도 양으로도 기울지 않는 천칭저울처럼 똑바로 서면 그만이니까. 아내는 전화 한 통이면 되니까 말이다. 가 보자. 그래. 정동진으로 가

보자."

"대답했다."

"그래. 정동진 나 한 번 가 봤어. 아내하고 말이야."

그렇다면 오연이도 나와 같은 생각을 가지고 나를 만나고 있음이 분명하다. 그러나 후회할 일은 만들지 말자. 숙련공처럼 인생의 후미를 잘 장식해 보자. 혼자만이 아니라 변론인도 있고, 공범자도 옆에 있다.

"가도 되겠어? 해돋이 보려면 자고 와야 하는데?"

"그야 물어볼 필요 없지 않겠어. 이 나이에 누가 두려워서 뭐?"

"그렇담. 가자. 만사 다 덮어놓고 넓고 푸른 바다가 있는 곳으로 가 보자. 모든 일은 아침 태양이 떠오르면서 시작된다고 했는데, 떠오르는 태양을 보면서 새로운 생각으로 재충전한다는 의미에서. 됐냐?"

32

우리들의 행위나 행동에 대하여 아무도 이상한 눈으로 보거나 의심하는 눈초리로 보지는 않는다. 누가 보아도 곱게 살아온 노부부로 보거나 아니면 나쁘게 보아도 사연 있어 늦게 만나는 늦깎이 로맨스로 볼 것이다. 그 이상도 그 이하도 아닐 거다. 오연이의 말대로 남이야 어찌 생각하던 두려워 할 필요 없다. 굳이 변명을 한다면 예전에 서로 사랑하던 사람끼리 늙어서 만나는 것인데 아무려면 어떠냐?

'초원'에는 전보다 더 많은 사람들이 있었다. 그들은 그들만의 사연으로 만나 이야기를 하고 있는 것 같았다. 대부분 우리와 같이 둘이서 마주 보고 앉아 무언가를 얘기했다. 그러나 우리 말고는 대부분 젊은이들이다. 우리가 그들 틈에 끼어 예전을 그리며 폼을 내고 있는 거다.

우리는 지난번과 같은 음식을 주문하고 서로의 눈길을 가까이 한다. 정동진까지 가 해돋이까지 보고 오는 드라이브라 긴장이 되는지 말수가 적어진다. 지난번과 달리 화장을 조금 짙게 하고 원피스를 입은 오연이의 모습이 눈 안으로 들어온다.

그리고 손톱은 지난번의 은색이 아닌 요즘 유행하는 여러 가지 색깔을 섞은 네일아트로 치장했다. 나는 빙긋이 웃으면서 나의 말을 잇지 않고 있는 오연이를 향해 입을 연다.

"자유부인은 자유부인인가 보네. 외간남자가 가자는 대로 따라나서는 걸 보니!"

"외간남자? 넌 외간남자가 아냐. 그리구 내가 가자고 했지, 니가 가자고 그랬냐?

33

동해로 가는 영동고속도로는 평일이라 그런지 생각보다 한산하다. 오연이가 나의 다리의 불편함을 고려해 운전석을 차지하고 나를 옆에 앉게 한다. 나는 그 길을 두 번이나 달린 경험이 있고 하여 그녀를 조수석에 앉히려 했으나, 그녀는 새로 단 내비게이션의 성능이 좋은가를 시험도 해보면서 운전솜씨도 내보겠다고 한다. 그래서인지 가는 길 내내 나에게 가는 길에 대하여 한 마디도 물어오지 않는다. 누가 운전을 하든 그것이 문제가 될 일은 아니다. 나는 눈을 감은 채 지난날로부터 앞으로의 일들까지 그려 나간다. 30여 년 동안 화재현장에 출동하면서 틈틈이 찍은 사진을 그림 그리듯 다시 그려본다. 더러운 것들을 화폭에서 지우고 밝고 아름답고 힘찬 색으로 덧칠을 하여 아주 그럴듯한 장면으로 만들어 나간다. 조금은 답답한 마음이 환하게 바뀌는 것 같다. 얼마를 달려갔을까 오연이가 나의 생각 속으로 들어온다.

"여기 소사가 있네. 그렇게 많이 왔는데 말야."

눈을 뜨니 자동차는 자그만 휴게소 안에 들어와 멎는다.

"소사휴게소란 말야. 소사야."

정신을 차리고 보니 분명 소사휴게소다. 다른 휴게소에 비해 아주 작은 휴게소에 불과한 곳에 오연이가 일부러 차를 세운 모양이다. 아무리 늙은이지만 잠만 자고 있으니 재미가 없었던 차에 '소사'라는 명칭에 이유를 붙여 나를 깨운 모양이다.

나도 예전에 여기를 지날 적에 오연이와 같은 생각으로 이곳에서 쉬어 간 적이 있었다.

"소사란 이름에 더 가려다 세웠다."

"난 화장실이 급하다."

"꿈을 꾸는지 잘도 자더라. 그래서 내비게이션의 소리를 낮추었지."

"아무튼 빨리 왔다. 수고했다."

나는 나대로 차문을 열고 밖으로 나온다. 오연이는 담배를 피우려는지 내리지 않고 차 창문을 조금 내리면서 한마디 한다.

"올 때 음료수나 좀 사가지고 와, 알았지?"

나는 오연이의 부탁을 귀 뒤로 들으면서 급한 걸음으로 화장실을 찾아간다.

하늘은 내렸던 비로 인하여 맑아지고, 바람은 조금 차다. 으쓱하게 어깨를 움츠리며 화장실을 향해 달려가던 나는 마치 도

망자와 같이 전후좌우를 살피며 불안한 걸음을 걸어야 했다. 아무래도 혼자된 여인과 멀리까지 가 밤을 샌다는 게 마음에 걸렸기 때문이었나 보다.

요즘 화장실은 어딜 가나 깨끗하고, 휴지와 물이 풍족하게 준비되어 있다. 나는 참았던 소변을 시원하게 보고는 습관적으로 손 씻기를 하고 자판기 앞으로 가 뜨거운 캔 커피 두 개를 뽑는다. 손이 따뜻해서 좋다.

“잘 사 왔다. 날씨가 좀 쌀쌀하구나. 그렇지?”

“좀 차가워. 바람이 불어서 그런지.”

오연인 캔을 따 커피를 다 마시고는 빈 통을 가지고 밖으로 나간다.

“아무래도 나도 화장실엘 좀 갔다 와야 되겠다. 다음 휴게소가 대관령이라니 한참을 갈 것 같은데.”

나는 먼저 대로 운전석 옆에 앉아 식어가는 커피를 마시며 집에 있을 아내를 떠올린다. ‘당신은 참 지독한 사람이야. 수십 년을 피던 담배를 하루아침에 딱 소리 내고 끊다니 말이야. 지독한 놈이지. 요즘 젊은 애들 봐 작심삼일이라고 말로는 끊는다고 하고는 삼일을 못 가잖아.’ 굳이 아내가 한 말을 떠올리려던 게 아니었다. 단지 남들은 그렇게 어려운 금연을 난 생각하자마자 그 날로 딱 끊어버릴 정도로 결단력이 있다는 것, 신촌에서 지내던 시절 오연이의 스커트를 올리고도 꾹 참았던 그것. 오늘도 그 마음이 발동을 해준다면 걱정할 게 없다. 오연이가 호들갑을 떨면서 차 안으로 들어온다. 아까처럼 운전석에 앉아 안전벨트를 맨다. 나도 따라 안전벨트를 맨다.

"출발한다."

오연이가 내 쪽을 바라보며 자동차의 시동을 건다.

"알았어. 그런데 계속 운전해도 괜찮겠어?"

"그럼. 나 아직 쌩쌩해. 늙은이로만 보지 말어."

나는 그녀의 눈치를 보면서 다시 눈을 감는다. 아무래도 집에 두고 온 아내가 마음에 걸린다. 〈책임지는 사람〉 아내를 두고 아무에게나 책임지는 행동을 해서는 아니 된다. 나는 다시 공상 속으로 들어간다.

34

아내와 아이들을 생각한다. 아내 생각을 하면 가슴이 미어진다. 남들처럼 좋은 옷 한 벌 못 해주고, 좋은 곳에서 맛있는 음식 한번 못 사주었다. 해외여행도 한번 같이 가주지 못했다. 아이들이 커가면서 가끔 그 일을 내 대신 해주긴 했어도 말이다. 아내는 그런 것들 때문에 나에게 불평 한번 안 했다. 아이들이 커가면서 나 대신 좋은 옷도 사주고, 좋은 곳에 가 맛있는 음식도 사줬다. 그리고 우리들이 내년이 금혼이라고 큰애는 무엇인가 뜻있는 선물을 준비하고 있다 하고, 작은애는 해외여행을 보내주려고 벌써부터 저축을 하고 있단다.

우리가 정동진 모래시계탑 앞에 도착한 시간은 해가 뉘엿뉘엿 넘어가는 저녁이었다. '초원'에서 너무 오래 앉아 있었나 보다. 나는 자연스럽게 오연이의 한 손을 나의 손으로 잡고는 시계탑 앞까지 걷는다. 해가 지고 있다. 시계탑 주변에는 사람들이 많지 않았다. 누가 보아도 이상할 것 없다. 나의 이러한 행동을 그녀 또한 아무렇지도 않게 받아들이고 있다. 나는 시계탑을 올려다보면서 입을 연다.

"영상이라는 게 참으로 대단한 거야. 한 편의 드라마로 이곳이 이렇게 달라졌으니 말이야. '모래시계'를 쓴 작가가 아마 여자지? 여자의 힘이 여기에 미친 거지. 요즘 잘 나가는 드라마는 거의가 여자들이 쓴 것 아니겠어. 그처럼 여자의 힘은 대단한 거야."

"드라마가 대단하다는 거야, 여자가 대단하다는 거야? 도무지 종잡을 수가 없네."

"드라마도 드라마지만 여자가 더 대단하다는 이야기야. 그래 요즘은 여자 세상 아니겠어. 세상에서 유일하게 우리나라에만 여성가족부가 있잖아."

"그렇다고 좋아진 건 뭐 있어. 난 여자지만 이해가 안 될 때가 많아. 성추행, 성폭행, 그런 것들도 말야. 너 나 손잡은 거 성추행 아니야?"

"아니다. 성추행 아니다. 남자가 여자를 보호 차원에서 손을 잡고 걷는 거다. 안 그러냐. 해석에 따라 다를 수도 있다는 얘기다. 여자는 여자다워야지."

"그래. 여자는 여자다워야지. 야~ 배고프다. 밥이나 먹자."

"그래. 여긴 뭐 볼 것도 없는데, 저 위로 올라가자. 거기 배

안에 레스토랑이 있거든. 밤바다도 보고, 그게 좋겠다."

나는 그녀의 시선을 돌리어 저 위 공원 안에 세워진 상선을 가리킨다. 그곳에 있는 큰 레스토랑이 벌써부터 나의 구미를 당겼다. 음식 맛도 맛이지만 주변 경치가 참으로 좋았다. 작년에도 아내와 같이 와 앉았던 자리를 떠올려 본다. 아직은 밤중도 아닌데 공연히 마음이 조급하다. 아내 때문이다. 오연이가 공연한 소릴 해온다.

"그전에 우리가 지켜야 할 선을 넘었다면 이렇게 마음이 불안하지는 않았을 텐데. 죄를 진 것도 아닌데 왜 떨리지."

"너 불안하구나. 불안한 건, 네가 옷을 단단히 입고 오질 않아서야. 꽤 쌀쌀하거든. 나도 좀 떨고 있는데."

"너도 떨리냐?"

"그래. 난 여자니까 그렇다 치고. 넌 남자잖아. 그런데도 여기 온 것 벌써 후회하니? 가고프면 도로 가자. 시간은 충분해. 갔다 다시 와도 돼."

"그래도 여자라 겁은 나냐? 걱정하지 마. 나 일방통행 좋아하지 않으니까 싫으면 말해."

"오해하지 마. 나 예전하고 달라졌다는 얘기야. 나 여자답지 않아?"

나는 손을 뻗어 오연이의 허리를 감싸 안으며 자동차가 주차된 곳으로 발길을 뗀다. 오연이는 바싹 나의 몸쪽으로 몸을 붙여온다. 누가 보아도 정다운 한 쌍이다. 땅거미는 주변의 거추장스런 시선들을 감추려는 듯 아예 어둠으로 바꾸어 버린다.

"이러고 걸으니 우리들이 모래시계 주인공이라도 된 것 같다. 최민수가 '나 떨고 있냐?' 하는 것 같다."

"그래. 생각난다. 우리가 떨고 있는 것 같다."

35

우리는 자동차를 끌고 산 위로 올라가 주차장에 차를 세우고 레스토랑 '퀸 메리'로 들어간다. 호화여객선 퀸 메리는 아니지만 배 안에 꾸며진 식당이라 퍽이나 좋아 보인다. 나는 오연이를 바다가 보이는 쪽으로 데려가 마주 보며 앉는다. 작년에 아내와 왔을 때에는 점심때라 바다를 멀리 저쪽까지 볼 수 있어 좋았는데, 밤이 되고 보니 푸른 바다는 보이지 않고, 시계탑 부근의 불빛이 주변 음식점이나 숙박업소의 간판을 달무리처럼 불그스름하고 쓸쓸히 비추고 있다. 바다 구경하긴 틀린 것 같다. 우리는 바다 구경을 그만두고 서로의 얼굴을 마주한다. 오연이가 방긋이 웃으면서 나를 쳐다보더니 말문을 연다.

"나야 홀몸이지만 넌 이래선 안 되는 것 아냐?"

"여기까지 오니까 겁이 나냐? 왜 업어치길 해?"

"나 업어치기 하는 것 아냐. 네 맘을 누구보다도 내가 잘 아니까 하는 소리야. 진심으로 받아줘. 나야 누가 뭐랄 사람 없지만 넌 와이프가 있잖어. 나중에 후회하지 말구."

"알았어. 금강산도 식후경이라니 밥이나 먹고 보자. 서두를 것 없고, 예까지 왔는데 마음 가는 대로 따라가 보자. 이럴 땐 술이 약인데."

아내 생각도 났지만 이럴 때 여자가 아양을 좀 떨면 마음이 한결 편할 텐데, 오연이도 그 방면으로는 서툴렀다.

같은 여자인 나의 아내를 깊이 생각하고 있는 것 같다. 해돋이까지 보려면 틀림없이 여기서 하루 묵어야 한다. 두 사람은 서로가 잠자리를 앞에 두고 이성과 감성을 똑같이 대립시키고 있는 중임이 틀림없다.

"성원아. 마음 편히 가져. 너도 내 맘 잘 알 거구. 나도 네 맘 잘 알아. 우리 네 말대로 50년도 넘어 다시 만났지만 상황만 달라졌지 마음은 안 변했다는 거 서오릉에 갔을 때 벌써 알았고, 원석이네 가면서도 확인했잖아. 내가 자유부인이라는 건 네 맘대로 날 대해도 좋다는 것이지 바람이나 피우는 정비석의 그 '자유부인'은 아니라는 얘기다. 난 너에게 어떤 강요도 억지를 부리거나 후회할 일을 벌이지도 않을 거라는 얘기다. 왜냐하면 난 네가 좋으니까. 좋은 사람과 다시 헤어지고 싶지 않거든. 그리고 우리 이제 잘살아야 10년 더 살까?"

"눈물 나는 얘기군. 그럼 난 뭐야. 나쁜 놈 아냐."

"왜 또 그러냐. 밥이나 먹자. 배고프다."

나는 계면쩍게 웃는다. 나의 불안해하는 내 얼굴의 색깔을 오연이가 알아본 것일까?

"그리구 여기까지 와서 네 와이프 얘기를 꺼낸 건 나로 인해 감정에 못 이겨 네가 후회할 일을 만들지는 말라는 얘기야. 그냥, 여기까지가 우리의 한계거니 하고 재미있게 지내는 거다."

그녀가 이렇게 말하는 것을 보면 아무래도 이곳에서 자고 가긴 틀린 것 같다. 나에게 아내가 없었다면 우리는 로맨스그레이같이 밤이 새도록 낄낄대며 보낼 거다. 그녀의 말뜻이 거기에 있다. 혼자 살면서 어떻게 사는 것이 잘사는 것인가를 터득한 결과인가 보다. 그로 인해 내 아내에 대한 미안한 생각을 이끌어 내면서 서로간의 불행의 끈을 당기지 말자고 그녀는 결론 내린 모양이다.

"알았어. 많이 먹어."

우선은 따뜻한 곳에서 밥을 먹고, 밖으로 나가 써늘한 바람을 맞으면 정신이 들 거다. 맑은 물이 흐르는 대로 가자. 밥을 먹고 또 따끈한 차를 마시고 밖으로 나오니 바닷바람이 휙 소리를 내며 우리 둘 사이로 불어온다. 오연이가 내 쪽으로 몸을 바싹 붙여 온다.

"안에선 몰랐는데 춥네."

"차에서 코트를 가지고 나올걸 그랬지."

"아이 춥다. 자동차로 갈까?"

"그렇게 추워. 이리 더 바싹 와."

나는 오연이의 몸을 거의 껴안다시피 그녀를 감싸 바다 쪽으로 나 있는 벤치로 간다. 오연인 내 품을 파고든다. 나는 벤치에 앉으면서 팔에 힘을 주어 오연이의 몸을 끌어안는다.

"그래. 그렇게 가만있어. 곧 따뜻해질 거야. 내가 이렇게라도 해야 네 맘도 좀 풀리고 나도 덜 미안하지."

36

11월도 어느덧 중순을 지나는데 날씨는 그렇게 춥지는 않다. 오연이와 정동진까지 갔다가 되돌아 왔어도 우리는 마음에 동요를 일으키거나 다른 날과 달라진 것이 없었다. 밤바다가 보이는 벤치에 앉아 서로의 체온을 나눴기 때문이다. 작은 미련이나 엇갈림을 그렇게나마 해소하면서 서로를 아끼는 마음을 확인했기 때문에 더욱 둘의 사이가 돈독해졌다고나 할까. 나는 조금은 홀가분한 마음으로 동기회 송년모임을 준비할 겸 회장인 한용진을 만나기 위해 영등포로 가는 버스에 몸을 싣는다.

111-1의 시골 버스는 오늘도 배차시간을 지키지 않고 나를 10분이나 기다리게 한다. 버스는 삼거리를 지나 오늘도 나의 모교인 은수초등학교 앞을 지난다. 어제도 안 보이던 플래카드가 학교 정문에 걸려 나의 눈길을 끈다. '황수영 장군 진급 경축'이라고 큰 글씨로 쓰여 있었다. 그 밑에는 제17회라는 글자와 총동창회라는 글씨도 적혀 있다. 아무튼 시골은 아직 순수함이 남아 있나 보다. 이 같은 세상에 장군 진급은 광고할 일도 아닌

데 말이다. 아내의 말대로 부모님 속 썩이지 않고 학교를 잘 마쳤으면 나도 지금쯤은 유명교수가 되었거나 아니면 화가라도 되었을 텐데, 그 아무것도 되지 못했다. 고향에 돌아와 복잡한 남의 일에 껴들거나, 노임도 명예도 없는 초등학교 동창회 총무일을 맡아 38년째 하고 있으니 한심한 노릇이다. 하지만 오연일 만나고 보니 내가 꼭 잘못 살아온 것만은 아닌 것 같았다. 그녀의 말대로 잘살면 10년. 10년 안에 우리의 인생이 결판이 난다. 아내의 말대로 깨끗하고 아름답게 살아가는 일, 그 일이 남아 있다. 이제껏 살아온 대로 변함없이 살다가 가야지. 회의적인 사고를 버리고, 매사에 긍정적인 생각을 가지고 감사할 줄 아는 사람으로 살아가자. 까딱했음 정동진에서 큰일을 만들 뻔하지 않았는가.

나는 버스 안에서 한용진에게 전화를 건다. 연말이 다가오니 우리의 모임에 대하여 회장인 그에게 의논을 해야 한다. 우선 장소와 날짜를 정해야 한다. 버스는 나를 영등포 로터리에서 내려 준다.

37

우리 동기회의 회장인 한용진은 어렸을 적부터 영등포시장에서 장사를 하여 흔한 말로 성공한 나의 소꿉친구다. 그는 내가 영등포소방서로 발령을 받아 근무하게 되면서 더욱 가깝게 지내고 있는 사이이다. 그가 우리 동기회의 회장직을 맡은 것은 이번이 두 번째다. 그와 내가 지리적으로 가까이 있게 되면서 우리는 1977년에 그와 같이 은수초등학교 총동창회 제2회 동기회를 만들었다. 그가 첫 회장직을 맡게 되고, 나는 총무로서 벌써 38년째 일하고 있다. 회장은 여러 사람이 돌아가며 하지만 총무는 이제껏 혼자서 해왔다. 1학년부터 6학년까지 반장이던 내가 해야 한다고 해서 이토록 오래까지 온 것이다. 그러고 보면 난 동기들에게 '영원한 반장'인 셈이다.

내 사무실 옆 건물의 소유자가 바로 한용진이었기에 거의 매일 그의 건물 지하에 있는 영빈다방에서 만나왔다. 그런데 무슨 바람이 불었는지 최근에 나에게도 한마디 하지 않고 그 건물을 팔고 인천에 더 큰 건물을 사 본격적으로 임대업으로 들어섰다는 게 아닌가. 그의 살림집은 아직도 여의도에 있는데 말이다. 나는 그가 원하는 대로 그의 건물이던 그 영빈다방에서 그를 만나기로 한다. 그는 나보다 먼저 나와 있다가 내가 들어오는 것을 보고 자리에 앉기도 전에 말을 걸어온다.

"오늘 일부러 나온 거 아니지?"

"아냐. 우리 이번 모임을 원석이네 카페에서 할까 하는데 한 회장 생각은 어떤지 해서. 글쎄 개업식 때도 나에게 알리지도 않고 집안끼리만 했대지 뭐야."

"우리 모임이야 진 사장이 다 알아서 하는 일이니 나야 알고만 있으면 되지. 날짜 잡을 때 내 스케줄과 겹치지만 않으면 좋고."

"연말에 또 미국 들어가나?"

"미국은 뭐. 여기 모임이 하도 많으니까 그러는 거지. 요즘은 다들 살만들 하니까 연말모임이 좀 많은가. 아무튼 날짜 정할 때 전화로 연락 줘."

"그야 회장님 빼고 할까 봐. 회장님이 빠지면 회의가 아니지. 그건 그렇고 말야. 나 이번에 원석이와 원석이 아내를 합쳐줄까 하거든. 그래서 겸사겸사 그 애네 카페로 마음먹은 거니까 그리 알고 있어."

"그렇게 되면 진짜로 좋은 일이지. 하지만 잘 되겠어? 원석이 처가 어디 사는 줄은 알고?"

“그럼 나 엊그제 그 여자 만났는걸. 그쪽은 됐는데, 문제는 원석이에게 있거든. 그 녀석이 원래 고집이 좀 있어서 말이야. 지난 월요일 날인가 글쎄 원석이 작은아들이 날 찾아오지 않았겠어.”

“그 애가 왜 진 사장을 찾아와?”

“원석이 땜에 온 거지. 애들이야 제 엄마 안 그립겠어. 그런데 내가 지난 토요일인가 걔들 엄마를 찾아가 만났거든. 부천 원미동에 살아. 아마 그날이 비가 엄청 온 날이지.”

“원석이 아내가 부천 원미동에 산다고?”

“원미동이 친정이고 원석이가 만두가게를 심곡동에서 했거든. 그때도 내가 가서 그들을 만난 적이 있었잖아.”

“어떻게 되었든 좋은 일임에는 틀림없는데 그것도 중신이라고 생각하면 잘해야 술이 석 잔이요, 잘못하면 뺨이 석 대일 텐데.”

“뺨 맞지 뭐. 누구 말대로 안 돼도 그들 팔자요, 돼도 그들 팔자지 뭐. 난 그저 해보는 데까지 해보는 거고.”

38

한용진과 헤어진 나는 원석이에게 전화를 걸어 집에 가는 길이니 집에 있으라고 전했다. 원석인 내 말대로 집에서 나를 기다렸다. 그는 배다리 옆의 살림집에 있다가 내가 노크를 하자 집안으로 안내를 하지 않고 곧바로 나를 배다리로 데리고 갔다. 집안에 여자가 없으니 찾아온 손님 대접하기가 조금은 거북스러운 모양이다. 전에도 그랬다. 나는 거절하지 않고 그를 따라 배다리로 들어간다. 그의 큰아들 승협이가 허리를 굽혀 나를 맞이한다. 원석이는 그 전에 우리가 앉았던 카운터 바로 앞에 있는 박스에 나를 앉게 한다. 나는 차가 나오기 전에 입을 열었다.

"제발 좀 여러 사람 생각해서 참아주면 안 되겠니? 참 윤석이 형이 뭐라 안하던. 내가 윤석이 형에게 전화해 네 애길 좀 했는데,"

"그 형은 워낙 바빠 살더라고, 주립병원에 아직도 다니는데 멀어서 일찍 나갔다가 늦게 오더라고. 큰형하고는 별로 만나지도 못하고 해서 은숙이 누님 집에 주로 있다가 왔어."

"그래. 은숙이 누님이 너 애들 엄마하고 합치라고 신신당불 했다며?"

"할 말이 없어 한 말이겠지."

"아닐 걸. 여자의 마음은 여자가 더 잘 알아. 은숙이 누님이 진심으로 한 말일 거야. 윤석이 형이 좋은 소식을 줄 것 같았는데. 국립 뭐라 했더라. 국립요양원 뭐 그런 델 알아본다고 그러는 것 같았는데, 너, 내가 누누이 말했지만 이번 기회에 꼭 합치는 거다. 너도 너지만 네 잘난 아이들도 생각해야지."

"아이들 생각하면 내가 할 말이 없지. 그렇지만 애들한테도 난 최선을 다 했거든."

"그렇겠지. 하지만 승우가 나한테 왔다 간 건 너 모르지?"

"언제? 그 자식이 널 찾아갔다고?"

"그래. 월요일인가? 사무실로 승우가 찾아왔더라고. 너 너무 고집부리는 거 아니냐? 우리 오연이와 같이 왔을 때 이미 합의하고선 마음을 바꾸면 난 뭐고 오연인 뭐니? 물론 네 일이니 네가 먼저겠지만 한두 살도 아닌 애들에게 그래서야 부자지간에 정말 떨어지는 일 아니냐?"

"……."

원석인 할 말을 잃었는지 말을 끊고 생각에 잠겼다. 나는 그가 조금은 불쌍해졌다. 그때 그의 큰아들 승협이가 잘 끓인 커피를 두 잔 날라 온다. 나는 접시에 담긴 각설탕을 커피잔에 넣고 스푼으로 휘저었다. 그러곤 다시 말문을 연다.

"이번 우리 모임을 이곳에서 하려고 한다. 그리 알고 얘기 끝나면 승협이 하고 의논할 테니 그리 알아라."

"여기서 하겠다고?"

"그럼 안 되니?"

"안 되긴. 장사하는 곳인데."

"그런데 왜?"

"좀 그렇지 않냐. 개업식 때도 연락 안 했는데."

"그러니까 더더욱 여기서 하겠다고 그러는 거야. 그리 알고 있어. 알았지."

"……."

그는 다시 말문을 닫는다. 나는 남아 있는 커피를 한 번에 마셔버리고는 일어서서 그의 큰아들 승협이가 서 있는 카운터 앞으로 발길을 뗀다. 원석이와는 더 할 말이 없었다. 나는 승협이와 선 채로 우리들의 모임을 12월 중에 할 예정이고, 인원은 40명 정도라고 알렸다. 그리고 배다리의 사정을 고려해 주말이나 주일에 하지 않고 평일에 할 것이며 날짜는 전화로 알리겠다고 말하고는 자리에 혼자 앉아 있는 원석이에게로 다시 가 학교에나 가자고 했다. 그는 말없이 나를 따라 일어서더니 밖으로 나온다. 나는 배다리 앞마당에서 발길을 잠시 멈춘다. 우로는 우리가 가려는 은수초등학교가 보이고 앞으로는 저수지 가장자리에 봉내산이 울긋불긋 단풍으로 치장을 하여 바로 내 앞에 서 있다. 그 옆으로는 유병욱이 살고 있는 내동마을이 산들로 둘러싸여 평화로운 모습으로 나의 눈 안에 또 들어왔다.

39

원석이와 나는 걸어서 우리들의 모교인 은수초등학교를 향해 갔다. 아침에 버스를 타고 지나다 본 황수영 장군 진급 축하 플래카드가 걸려 있는 교문까지는 100미터나 될까? 우리는 그 교문 앞에 잠시 걸음을 멈추고 그것을 바라본다. 교문은 닫혔는데, 펄럭거리고 있는 플래카드가 신기하게 보인다.

"황수영이라면 건지동 황 씨네 같은데, 맞아?"

"맞아 전에 축협조합장 하던 황수만의 동생이지. 그 친구가 도리재에 있는 군부대 부대장으로 있었지. 동네 길 닦는 일이라든가 장마철에 물난리가 날 때라든지, 벼를 벨 때마다 군인들을 데리고 와 일 많이 했지. 진급하려고 그랬는지는 몰라도."

"그러기야 했겠어. 고향의 일이니까 마침 잘 됐다 싶어서 했겠지. 17회면 60이 넘었겠는데, 예편시키면서 달아준 것인가 보네."

"모르겠어. 군인엔 관심 없으니까. 이 나라가 군인들이 집권하는 바람에 30년은 늦었다는 거 아냐. 권위주의 그게 요즘 세상에 맞는 거 아니잖아."

"그래. 너 그 말 참 잘했다. 요즘 아버지 말 잘 듣는 아들 있냐. 네 고집도 말하자면 권위주의에서 나온 것 아니냐? 아이들 말도 좀 들을 땐 들어줘야지."

"나 뭐. 우리 애들 말 다 들어줬어."

"그래. 안다. 네 애들도 네 말 잘 듣고. 하지만 너 네 처 문제 그렇게 끌고 가면 안 돼. 애들이 무슨 죄냐? 네가 맘을 좀 풀어 줘야지. 이제 애들도 클 만큼 다 컸다. 아니 지났지. 이젠 네가 양보를 해야지. 전번에도 말했지만 너 할 만큼 했어. 여기서 더 고집부리면 욕심이 되는 거야."

"……."

그는 또 아무 말을 하지 않는다. 나는 더 이상 그의 처 이야기는 그만 두어야겠다고 생각하면서 그의 아버지의 공적비가 있는 교정으로 들어가기 위해 서쪽 문 쪽으로 발길을 옮긴다.

〈고 진성환 선생 교육공적비〉 가로로 한문체 음각으로 새긴 비석이 화단 중앙에 서 있다. 그 비석은 일찍 고인이 된 우리 동기 2대 회장을 한 고 송경훈이가 살았을 때 우리들과 함께 세운 거다. 비문은 내가 초안을 잡은 거고, 세운 지도 40년은 되었을 게다. 원석이와 나는 그 앞에 서서 그 비문을 각기 마음속으로 읽어 내려갔다.

우리에게 배움의 터전을 마련해 주시기 위하여
가산과 문전옥답을 회사하신
진성환 선생님의 숭고한 교육이념과 참된 뜻을
길이길이 칭송하여 임의 넋을 여기에 모시니
그 뜻을 높이 받들어 신념과 긍지를 지닌
은수학원의 어린이들은 훌륭한 대한의 아들딸로서
열심히 배우고 굳세게 전진하여
이 나라에 큰 일꾼이 되자.

"아니 이게 누구들이야. 성원이 아냐? 원석인 또 웬일이야?"

우리가 아직 비문 앞에 서 있는데 교사 중앙 출입구 쪽에서 우리를 알아보는 음성이 들려온다. 나는 힐끔 놀래며 그쪽을 바라본다. 목소리의 주인공은 총동창회의 회장직을 오래도록 맡고 있는 우리 동기인 윤무영 회장이다.

"아니 윤 회장은 여기 웬일이신가? 이 대낮에."

"어어. 정문에 걸린 것 못 봤어. 우리 학교에서 장군이 탄생했어. 그래서 왔지."

"장군된 건 좋은 일이지만 윤 회장이 왜?"

"황 장군이 여기 우리가 걸어놓은 걸 보고 고맙다고 답례품으로 보내왔지 뭐야. 그래서 온 거야."

“아니, 플래카드는 오늘 보았는데.”“아아, 우리가 벌써 연락하고 붙이겠다고 했거든.”

“그거 참 잘하셨습니다. 수고하셨습니다.”

나는 그가 잡아 온 그의 손을 놓으며 그와 헤어지려고 했다. 그런데 그가 또 말을 걸었다.

“진 동문은 은행동으로 왔다며, 그래 요즘 어떻게 지내나. 사업한다는 소릴 듣긴 들었네마는?”

40

윤무영 회장이 멀어져 가고 우리는 학교 뒤 마을 쪽으로 발길을 옮긴다. 내가 태어나서 뛰놀던 곳. 그때엔 그렇게 크고 넓은 마을이었는데, 그때 그 마을은 어디로 갔는지 어렴풋이 모습만으로 남아 있다. 내가 태어난 우리 집터에는 태양열판을 지붕 위에 올린 2층짜리 양옥이 들어서 있다. 집 앞 텃밭이며 뒤뜰에 울타리로 심었던 참죽나무들은 다 어찌하고, 그 자리는 주차장을 만들어 아예 콘크리트로 덮여 있다. 나는 더 이상 그곳을 보고 싶지가 않아 원석이네 옛집이 있는 교회 쪽으로 발길을 옮겼다. 교회 정문 앞에 나의 발길이 멎는다. 사람들은 보이지 않고 그곳에서 풍금이 아닌 피아노 소리가 나의 귓가를 울려온다.

나 같은 죄인 살리신 주 은혜 놀라워
잃었던 생명 찾았고 광명을 얻었네
이제껏 내가 산 것도 주님의 은혜라
또 나를 장차 본향에 인도해 주시리

"누가 치는 거야?"

"반주하는 애가 와서 연습하는 거겠지."

"그런가 보군. 여기 교인이 그렇게 많다며?"

"아마 500명은 넘을걸. 내 말 했잖아. 그 바람에 우리 집 잘 팔아 배다리도 잘 고쳤지. 조경하는 데 돈 많이 들었어."

"좋은 일이네. 너의 아버지가 너의 뒷밭에 교회를 지으신 이유는 오늘을 내다보셨기 때문이지. 그러니 너도 아이들을 위해 멀리 좀 보라고."

"……."

원석이는 또 답변을 하지 않는다. 나는 더 이상 그들 집안에 관한 이야기를 꺼내지 않기로 하고 화제를 바꾸었다.

우리들의 소꿉친구며 아직까지도 고향에 살고 있는 술꾼에다, 예전에는 노름을 좋아하여 논밭때기나 없앤 시흥시에서는 알아주는 건달 남일우의 이야기를 꺼낸다.

"네가 나보다 더 잘 알겠지만 말이다. 남일우라고 그 딸애 결혼식 때 너 안보이더라."

"으응. 그 주정뱅이. 나 그날 어디 좀 갈 데가 있어서 축의금만 보냈는데."

"주정뱅이가 딸 하나는 잘 뒀데. 아는지 몰라도 딸애가 이태리 가서 성악을 공부했다던데?"

"지가 기른 건가. 딸애가 똑똑하니까 그렇게 된 거지. 그 자식 말도 마."

"왜 욕을 해."

"오래 됐어. 자식이 몇 날 며칠을 저기 낚시터에 혼자 앉아 무슨 청승을 떨고 있는가 해서 하루는 가 봤지."

"그래서?"

"대뜸 돈을 좀 꿔 달래는 거야."

"돈을? 얼마나?"

"글쎄 자그마치 500만 원을 꿔달라는 거야. 나도 집을 꾸미느라고 빌린 돈도 있는데."

"무조건 그냥 달래?"

"나중에 꼭 갚을 테니 묻지 말고 무조건 달라는 거야. 그래. 노름하려고 그러냐 했더니, 그제야 딸 이야기를 하더라고, 마누라 혼자 가도 그건 있어야 딸과 같이 올 수 있다는 거야."

"그때 이태리 가려면 그 정도는 있어야 비행기 값은 됐을 거다. 내가 그보다 더 오래전에 단체로 로마로 해서 스위스에 갔다 왔는데, 200만 원도 더 들었으니까. 그래 어떻게 해 주었어?"

"딸애 보러 간다는데, 얘기 다 듣고 거절하긴 그렇더라고, 그래 200만 원 어떻게 해주고 모자라는 건 어디서 더해 보라고 했는데, 이제까지 깜깜 소식이야."

“왜 그랬을까. 딸애 결혼식 때 사람들 꽤 많이 왔던데.”

“아아 그땐가 보다 100만 원 가져 왔더라고, 그리고 또 그만이야.”

“그런데 왜 너에게까지 왔지? 그 동네 문영민이라고 한 달에 천만 원도 더 공장에서 월세를 받는다고 하던데.”

“신용이 있어야지. 술만 마시면 미친놈이라는데, 한 동네에서 누가 돈을 꿔주겠어. 문영민에겐 어림도 없는 소리야.”

41

오연이와 네 번째 만나는 날이다. 엊저녁부터 심한 안개가 피더니 인천공항이 거의 마비상태가 되었다고 법석이다. 그제가 눈이 온다는 소설인데 요 며칠간 눈은 안 내리고 안개만 피어오른다. 비행기들은 결항으로 뜨질 못하고 많은 국제적 행사까지도 펑크가 났다. 오연이와 약속한 시간도 한 시간이나 지났다. 자동차를 가지고 다니니까 밀리는 모양이라고 생각해 전화나 자릴 뜰 생각을 하지 않는다. 얼마를 지났을까. 나는 카운터의 웨이터를 손짓으로 불러 커피를 한 잔 더 주문한다.

목이 마르다. 커피가 날라져 온다. 목을 적시고 나니, 음악소리가 분명하게 들렸다. 이곳은 내가 가지고 있는 CD와 같은 것을 틀고 있는 모양이다. 카르멘의 서곡이 흐른다. 아름다운 집시 여인이 입에 붉은 장미를 물고 두 손을 위로 하여 캐스터네츠를 두드리며 노래를 부른다. 빙글빙글 돌면서 춤을 추며 돈호세를 꼬이는 애처로운 노래를 부른다. 애절하고도 아름다운 사랑의 노래. 내가 좋아하는 곡이다. 홀 안을 적시는 음악은 슬픈

곡에서 조용하고 엄숙한 곡으로 바뀐다. 바하가 하나님께 기도를 드리는 듯한 숭고하고 아름다운 선율의 G선상의 아리아가 흐른다. 굵은 G선 하나로 연주하고 있는 연주자의 모습을 상상해 본다. 애절한 곡이지만 내가 고등학교 때부터 좋아하던 곡이라 그런지 나를 슬프게 하지는 않는다. 지금도 사라사데의 집시의 달– 지고오네바이젠, 그 곡들은 학창시절의 근사한 생각들을 불러일으킨다. 공부는 뒤로 하고 충무로나 명동을 떠돌며 음악 홀 뒤쉐네나 돌체에 앉아 주제넘게 명상에 젖은 채 고전음악을 듣던 그 시절이 떠올랐다.

"어휴. 안개가 이렇게 지독한 건 내 생전에 처음이야. 차들이 꼼짝도 않고 있는데, 전화가 무슨 소용이 있겠어. 차의 라디오를 트니까, 인천 쪽만이 아니라 영등포 여의도까지 온통 난리라니 전화한들 무슨 소용 있겠어. 설마하니 기다리다 가기야 하겠는가 하고 말야."

오연이가 가쁜 숨을 들이마시고 내뱉으며 나의 앞자리를 찾아든다. 그녀는 차가 밀리는 탓에 고생을 했고 할 말이 많은 모양이었지만 그래도 기분이 좋아 보였다. 내가 가지 않고 기다려주어서겠지만. 오늘 그녀는 녹색의 모 투피스 차림이다.

"잘했어. 전화가 없는 걸 보고 늦는가 했지. 못 오면 전화를 했을 텐데 하고 말이야. 안개가 많이 끼었나 보군."

"아니, 그런데 오늘은 무슨 바람이 불어서 잠바 차림이야. 그 잠바 군복 같은데?"

"아냐. 내가 이태리 갔을 때 와이프 주려고 하나 샀는데, 와이프가 안 입어 내가 입는 거야. 그러니 이건 여자 꺼야. 그래도 국방색이라 남자가 입어도 좋고 안에 털이 있어 추울 때 가끔 내가 입어."

"그러네. 요즘 여자 옷 남자 옷 따로 있나. 보기 좋은데 5년은 젊어 보여. 스포티하고 말야."

오연인 나의 옷차림을 평가하고는 핸드백을 연다. 그 핸드백엔 A자형의 금속 장식이 붙어 있다. 나는 그 상표가 명품이라는 걸 안다. 대개의 여자들은 남편이 바람을 피우면 덩달아 춤바람이 난다고 그러는데, 오연이는 그러기 싫어 옷치장을 하면서 그 고비를 참았나 보다. 만날 때마다 바뀌는 옷차림. 그런데 요즘 유행하는 것이 아니라 철 지난 명품들이다.

"이젠 젊어지긴 틀렸지. 머리가 길어 이발을 하면 좀 났겠지 하고 이발이나 면도도 하는 등 치장을 해보지만 거울을 보면 별로 거든. 얼굴엔 검은 버섯이 피고, 옷도 그렇더라고."

"아냐. 그래도 넌 체구가 작아 그런지 노인네 같게 보이진 않어."

"그만 띄워라, 떨어질라. 참 우리 연말 모임을 원석이네서 열기로 했다. 이제 날짜만 정해지면 폰으로 문자를 띄우면 되는 거다.

그 안에 네가 원석이 처 좀 한 번 만나 회유하는 일이 남아 있다. 도와줄 거지?"

"어, 누구의 명이라고 거절하겠나. 오늘 당장 연락해 봐. 원석이 처가가 원미동이라고 그랬지."

"그래. 내 저번에 만났지만 네가 한번 만나 확실하게 매듭을 지어. 그러고 난 원석일 꼼짝 못 하게 묶어버리면 끝나는 거야."

"그 동창은 몇 명이나 모여. 한 30명 되나?"

"아냐. 여러 명 저 세상 가고, 한 20명 돼. 이번엔 부부동반이니까, 한 30명은 넘겠지."

"부부동반. 그거 잘 돼?"

"그럼. 여자들끼리 따로 앉아 잘들 놀아. 오늘은 또 어디를 갈까. 그거나 생각하자."

그리고 나는 전과 다른 음식을 주문한다. 언젠가 원석이네서 게살을 섞은 볶음밥이 그렇게도 맛이 있던 것을 기억해 내고 그 볶음밥을 주문한다. 그러고 나니 원석이 처 공 여사가 떠오른다. 그거다. 원미동. 원석이 처에게 연락해서 그녀를 만나는 거다!

42

어제까지만 해도 두꺼운 외투를 걸치면 거추장스러웠는데 저녁에 비가 내리더니 기온이 뚝 떨어지고 얼음이 얼면서 사람들의 발걸음을 종종거리게 한다. 거리에는 그전 같지는 않지만 크리스마스트리가 보이고 캐럴이 간간이 들려왔다. 쇼윈도에는 장식한 크리스마스리스가 눈길을 끌고 있었고, 간간이 인도에 있는 나무에 LED의 은하수 오색 불빛이 둘러져 있었다. 찬란한 불빛이 사람들을 거리로 불러내기라도 한듯 붐볐다. 나는 영등포로 향하는 111-1 버스를 기다린다. 회장인 한용진을 만나기 위함이다. 아내는 주일날인데 교회를 빠진다고 화를 내면서도, 그러면 혼자서 동네 교회에 가겠다며 나를 풀어준다. 착하고 아름다운 여자다.

영빈다방의 주인마담이 물이 든 컵을 들고 오면서 인사를 해온다.

“아니, 일요일인데 나오셨어요?”

“한 회장 좀 마나러 나왔습니다.”

"조금 있음 오실 거예요."

"연락 있었어요?"

"저쪽에 계신 분이 한 회장님을 기다리고 계시거든요."

"아아. 잘됐네요. 그렇지 않아도 혹시나 했는데."

"경기가 안 좋은가 봐요. 우리도 문 닫게 생겼어요."

주인 마담이 내 옆으로 와 바싹 앉아온다. 차를 팔아달라는 행동일 테지. 나는 의식적으로 그녀가 더 이상 붙어오는 것을 피한다.

"곧 좋아지겠죠. 기다려 보세요."

"정치라고 하는 꼴들을 보면 어디 좋아질 것 같아요? 웬 세상에 싸움질이나 하고 나라 걱정은 조금도 안 하데요. 제 밥그릇 어디 갈까 봐. 그러는 거지요?"

"그들도 사람이라 목구멍이 포도청이라고 떠드는데, 이유야 있는 거겠지요."

"정치라고 하는 꼴들을 보면 어디 참내."

"그래도 해는 내일 떠오르는 것이니까요."

나는 그녀가 그냥 들고 온 물을 마시면서 커피 두 잔을 주문한다. 팔아달라는데 팔아줘야지. 주인 마담은 주방으로 가 직접 커피를 타서 가지고 온다.

"이건 제가 내겠습니다. 그동안 자주 들러주셨는데요."

"아닙니다. 제가 내야지요. 차 한 잔이야 제가 내야죠."

"호호호."

나는 더 이상 말을 하지 않고 커피를 든다. 마담이 다시 말을 꺼낸다.

"자금 땜에 어려우시면 한 회장님께 말씀드려 보세요. 한 회장님이 진 사장님을 얼마나 신임하고 계신 줄 아세요?"

"아니 그 친구가 도대체 내 이야길 뭐라고 해요?"

"요즘 세상에 진 사장님 같은 분은 없다고 하시면서요, 진실하시고, 정확하시고, 아주 깨끗한 분이라 하시던 걸요."

"그 친구가 그런 사람입니다. 내 이야기가 아니고."

나는 화가 난다. 듣기 나쁜 소리는 아니지만, 이 상황에서 한낱 부질없는 말을 남이 하고 있는 것이 싫다. 그녀는 더 이상 말을 잇지 않는다. 그때 한용진이 다방 안으로 들어오면서 나를 발견하고는 내 앞으로 들어선다.

"웬일이냐. 일요일인데 교회도 안 간 모양이네."

"그래. 교회에 안 갔다. 그런 넌 웬일이냐?"

"난 누굴 좀 만나러."

그는 그 말을 던져놓고 주인 마담이 가리킨 대로 기다리는 사람 좌석으로 발길을 옮긴다. 나는 남아 있는 커피를 한꺼번에 마셔버리고는 냉수를 한잔 더 마셨다. 그는 5분도 안 돼 내 자리로 돌아온다.

“벌써 용건 다 끝났냐?”

“으응. 저번에 여의도 우리 집 인테리어한 사람 아냐.”

“그런데 왜. 수리 끝난 지가 언젠데?”“손해를 봤다구 조금만 더 달래잖어. 수고했다구 몇 푼 더 줬더니 아마 내가 호군 줄 아는가봐.”

“그 이야긴 그렇고, 오늘 너 바쁘냐?”

“아니 나 오늘 바쁘지 않어.”

“그럼 우리 드라이브나 할까. 차 가지고 나왔지?”

“찬 여기 예식장 주차장에 두고 다닐 적이 많어. 어제 술을 좀 마셨거든.”

“그럼 됐다. 우리 동두천에나 가자.”

“동두천? 거기 황장수가 있잖어. 그 애가 거기서 술장살 하지?”

“맞아 황장수가 미군 상대로 술장살 하고 있는데 날보고 몇 번씩이나 오라고 그랬거든.”

“그렇담. 나 오늘 바쁘지 않으니까 가자. 그런데 너 가봐야 술도 못 마시잖아. 또 오늘은 일요일이라 황장수도 바쁠 것 아니냐?”

“바쁘다고 대낮에 얼굴 한번 못 보겠냐. 그냥 드라이브 겸 가

보자는 거지. 필리핀 가서 예쁜 애들 많이 데려왔다고 한번 오라고 벌써부터 그랬는데, 정말인가 한번 가보자."

"필리핀 애들보다 러시아 애들이 최고라는데, 러시아 애들은 없대?"

"야. 있음 어떻게 할 건데, 장수 앞에서 걔들하고 놀려고? 늙은이들이."

43

우리는 동두천으로 드라이브하기로 합의를 보고 다방을 나온다. 바람이 부는 날이었으나 그의 에쿠스 승용차 안은 안락하고 따뜻하다. 양화대교를 지날 때 한용진이 입을 연다. 나는 그의 차를 처음 타보는 것이라 그의 운전 솜씨를 몰라 잠시 말을 하지 않고 있었는데 그가 먼저 입을 연다.

"너. 현 정권이 잘하고 있다고 보니?"

"아니, 갑자기 웬 정치 얘기?"

"하는 짓거리들이 예전이나 조금도 달라진 것 없이 똑같지 않으냐?"

"그래. 그 말은 네 말이 맞다. 군사정권이나 국민의 정부나 새 정부나 그게 그거지. 똑같은 한국사람들인데 달라도 이상한 일이겠지."

"한국사람이면서 한국사람이 싫어서 미국 영주권을 받았었지만, 이건 해도 너무들 하는 거 아니냐?"

"그래. 6·25 때도 이렇게 나쁘지는 않았지."

"그렇지. 우리가 어렸을 적에는 배는 좀 고팠지만 인심은 이처럼 나쁘지는 않았지. 왜 이렇게까지 됐냐는 거야!"

"그거야. 윗물이 맑지 않으니 아랫물이 깨끗하겠어. 물이 거꾸로 흐르는 것 보았남."

"칼자루 쥔 놈들이 잘못된 것은 자르지 않고, 그걸 도적질하는 흉기로 쓰고 있기 때문이지. 정치자금 내라고 칼로 위협하는 거지."

"지금이 어떤 세상인데 하는 짓들이. 인터넷이란 새로운 세상이 펼쳐지고 있는데, 아직도 우리는 IT강국이라 하면서도 우물 안 개구리 노릇만 하고 있는지 한심하다. 깨끗지 못해 부패해 가는 세상. 누구를 탓할 건지 나도 모르겠다."

"그래. 우리끼리니까 그나마 이 정도로 얘기하는 거지. 더럽고 치사한 세상 아니냐?"

누가 누구의 말인지 분별하기 어려울 정도로 둘의 대화는 불평 속에 그야말로 난타전이다. 서로는 더 이상 말해봐야 입만 더러워지는 걸 알기나 한 듯 조용해진다.

우리가 탄 자동차가 동두천에 거의 다다를 무렵 나는 황장수에게 연락을 취한다. 그는 버스터미널 근처에 있는 떡갈비집 '우림정'에 차를 대라고 한다. 우리가 떡갈비집 우림정에 도착하니 그가 먼저 나와 우리를 기다리었다. 떡갈비집 우림정은 주차장부터 북적거린다.

“야아, 점심때가 지났는데도 웬 사람들이 이렇게 많으냐? 동두천은 아직 경기가 좋은가 보다.”

“말도 마. 여기 떡갈비 맛이 좋아 서울에서도 찾아오고 난리들이라니까. 저기 6층이 고기 장사해서 지은 집 아니냐.”

황장수가 자기 장사처럼 자랑을 하면서 우리를 이끈다. 그는 담배도 안 피우고, 술장사를 하는데 술도 마시지 못한다. 떡갈비집 안으로 들어서자마자 나는 화장실로 직행을 한다. 영빈다방에서 마신 커피랑 냉수가 모여 배설을 기다린 때문이다. 내가 화장실에서 나왔을 때에도 그들은 줄을 서서 자리 나기를 기다리고 있었다.

“이 손님들이 다 갈비 먹으러 온 사람들이야?”

“그렇다니까. 이러니 돈을 안 벌수가 있냐. 이 건물도 여기서 벌어서 신장개업한 것 아니냐.”

“그런 넌 동두천에서 40년이 넘도록 장사를 했으니 얼마나 벌었냐?”

한용진이 황장수에게 묻는다. 황장수는 좀 거북하다는 듯 표정이 안 좋다.

“우린 달러를 버는 특수관광업이야. 요즘 같이 경기가 안 좋으면 미군들도 외출을 안 해. 나 저번에 한 달이나 놀았잖니.

거기다 이북놈들은 왜 지랄들인지. 지들이 핵이 있으면 어떻게 할 건데. 겁 많은 미군들은 이북놈들이 방귀만 뀌어도 외출 금지다. 어디 장사해 먹고 살겠니?"

"그래도 요즘 달러 값은 뛰고 있으니 괜찮을 것 같은데."

내가 말했다.

44

점심을 잘 먹고 난 우리는 떡갈비집 주차장에서 한용진 회장의 차를 타고 멀지 않은 황장수의 특수관광업 동두천지부장 사무실로 간다. 그 건물은 철제로 지은 가건물로 사무실은 이층에 있었다. 황장수의 안내로 철제계단을 올라 그의 사무실에 오르니 아주 좋은 응접세트가 두 개나 있었다. 20대 중반의 젊은 여직원이 주일인데도 한 명 앉아 있다. 주말이 성업이라 그녀는 월요일과 화요일이 노는 날이라 한다. 지부장의 책상은 여직원의 책상보다 두 배는 컸다. 여기에도 권위주의의 냄새가 물씬 풍긴다. 우리는 여직원이 끓여 다 주는 커피를 마시면서 이야기를 시작한다.

황장수가 말을 꺼낸다.

"야, 네들 다음엔 정말 잘 찍어야 한다. 그래야 이 나라가 산다. 어디 이 나라가 조선인지 대한민국인지도 분간하기 어려울 때가 있잖니."

"알았다. 알았어. 여기 오면서 내내 그놈의 정치 얘기하다가 끝도 안 났는데, 정치 얘긴 그만하고 떡갈비도 먹었고, 지부장님 사무실도 보았으니 가게로 가 한번 구경이나 하고 가자. 필리핀 애들도 있다며?”

내가 말꼬리를 바꾼다. 한용진이 나를 쳐다보면서 내 말을 받는다.

“러시아 애들은 없냐?”

“러시아 애들. 걔들이 우리보고 뭐라 하는 줄이나 아냐? ‘할아버지 힘없다. 가! 가!’ 한단 말이다. 그래도 갈래?”

“다 농담이고, 일요일인데 너 장사해야지. 가계나 한번 보고 가자. 점심도 잘 먹었는데, 한 회장은 운전을 해야 하니까 술도 안 되고 난 술을 못하니까 뭐 앉기는 틀린 거고, 가게나 한번 둘러보고, 제수씨 얼굴이나 보고 오늘은 여기까지다.”

“야아. 성원아. 내가 형님이지 네가 형님이냐. 그래, 형수 얼굴 보고 가야지. 너 온다니까 제수씨도 같이 오냐고 묻더라고, 기다릴 거다. 가자. 집으로 가자.”

45

황장수의 가게 'Top'은 40여 년 동안 그곳에 쭉 있었다. 때로는 남에게 맡기기도 했단다. 우리는 그의 안내로 가게 안으로 들어선다. 가계의 조명은 화려했지만 조금 어둡다. 그의 말대로 그곳에는 20대 나이의 어린 외국 여인들이 우리들이 내국인이라 그런지 아니면 그들의 주인인 황장수의 눈치를 보느라 그랬는지 눈만 말똥거리면서 있었다. 술집 여종업원답게 손님을 부르는 추파를 보내지 않는다. 아니면 우리들이 늙어서 그랬는지도 모른다. 나는 우선 황장수의 안내로 음악실 안으로 들어간다. 내가 원해서다.

"야. 장수야. 내가 여기 디제이 노릇하면 얼마나 줄 거냐?"

"네가 뭐 양음악을 안다고?"

"나 총각 때 서울역 앞 음악다방에서 6개월이나 디제이 노릇했다. 월급 받고 했으니까 프로지. 아마 너보다 나을걸. 젊으면 좋겠지만 이젠 틀렸지?"

"그래. 나도 디제이 보는 녀석이 안 나오면 가끔 하는데, 힘

들어서 이젠 오래 못 하겠더라고. 나이는 못 속이지. 늙은이는 보기에도 나쁘고."

"그래도 아직은 용진이 힘이 제일 셀걸. 러시아 여자가 좋다는 걸 보면 말이야."

"용진이도 그렇고, 너도 술도 못하니 오늘은 그렇다. 올라가 형수나 보고 다음에 한번 마음먹고 와라. 러시아 여자 하나 못 해주겠냐."

"아냐. 난 아니다."

나는 발뺌을 하면서 한용진 앞으로 걸어나간다. 그는 필리핀 아가씨들을 곁눈질로 훔쳐보면서 우리가 음악실에서 나오기를 기다리고 있었다. 우리는 황장수의 안내로 가게 위층 살림집으로 올라간다. 황장수의 아내가 우리를 반갑게 맞이했다. 그녀도 이젠 할머니다. 젊었을 적에는 체구도 작고 참 예뻤는데 말이다.

"왜 혼자들 오셨어요. 같이 오시지들 않고요. 다들 평안하시죠?"

그녀는 우리에게 녹차를 대접한다. 우리는 아이들의 생활이야기를 나누면서 차를 다 들 때까지 그곳에 머무른다. 예전에는 내가 혼자 가도 그들이 너무 바빠서였는지 아니면 바쁜 핑계를 대어서 그랬는지 몰라도 차 한 잔을 같이 마시지도 못했다.

나이를 먹은 탓이다. 우리는 한참 만에야 그곳에서 내려온다.

나는 황장수의 아내가 작별인사를 하고 집 안으로 들어가자마자 계단을 내려오면서 황장수를 멈춰 세운다.

"야. 너 그거 한 알 내놔야지."

"야. 너 그거 하나 다 먹으면 큰일 날 수가 있어."

"용진이 하고 나눌게. 걱정 말고."

"나 참. 성원이 너도 많이 변했구나. 비아그랄 다 달래니."

"너도 형님 나이 돼봐라. 야. 빨리 남 본다."

"알았다. 나 참. 세상에 성원이가 그런 걸 다 달랠 줄이야. 세상 정말 많이 변했다."

하면서 황장수가 지갑을 연다. 그러더니 약방의 내복약 봉지에서 두 알을 꺼내 내민다. 옆에서 용진이가 빤히 쳐다본다.

"동두천 왔다 간 기념품이라 생각하고 받는 거다. 알았지?"

내가 이런 것이 왜 필요한가. 오늘 동두천까지 동행해준 한용진에게 그런 이상한 물건이라도 주고 싶었기 때문이다. 용진이도 웃으면서 받는다.

"넌 필요치 않으냐. 나를 다 주면 넌 어떻게 하라고?"

"난 다음에 가질게. 오늘은 네가 수고했으니까. 네 몫이야."

그렇게 말을 하면서도 나는 나쁜 짓이라도 하다가 들킨 사람모양 이상한 기분이 든다. 어쩌면 코발트색 불빛에 반짝거리던 어린 외국 소녀들의 슬프게 빛나는 눈동자가 자꾸 어른거려서였는지도 모른다. 돈이라는 게 무엇이기에 이 먼 한국까지 왔을까. 얼마 전까지도 먹을 것이 없어 굶주리던 이 나라에 필리핀 여자, 러시아 여자들이 왜 오는가? 생각하면 가슴이 미어져 온다. 다 돈 때문이다. 돈은 정말 치사한 놈이다.

46

오연이와 만나는 날이다. 나는 동두천에서 돌아와 많은 생각을 했다. 황장수를 보더라도 그렇고, 한용진을 보더라도 그렇다.

공부를 많이 하고 잘하였다고 반드시 잘사는 것은 아닌가 보다. 공부를 안 한 그들이 오히려 늙은 부모를 더 잘 모시고 더 편히 잘살고 있다. 한 가지 일을 열심히 하다 보면 그 일에 이력이 나 자리를 잡는다. 단순한 생각, 어느 날 예배시간에 목사님은 깨끗한 마음씨의 사람이 감사할 줄 아는 사람이라고 설교했다. 그렇다면 나는 깨끗하고 단순한 사람일까. 아닌지도 모른다. 이미 헤어진 홀로된 여자를, 아내가 있는 내가 옛날처럼 만나고 있다. 거기에 복잡한 생각이 끼어들고 있는 거다. 깨끗지 못해 불행에 빠질지도 모른다. 이렇게 생각하니 기분이 별로 좋지 않았다. 하지만 걱정할 필요는 없다. 오연의 말대로 우리는 노년에 접어든 인생의 경험자들이 아닌가? 점잖게 만나고 바른 생각으로 선을 지키며 나가는 거다. 선이 삶에 있어 최고의 이데아라고 하지 않았는가. 오연이가 내 앞자릴 찾아 들어온다.

“많이 기다렸어. 나 좀 늦었지?”

“아니 내가 좀 일찍 왔어. 버스가 일찍 와서 말이야.”

“그래도 10분이나 지났잖어. 나도 일찍 온다고 왔는데 주차하고 지하상가를 걸어오는데 누굴 만났지 뭐야.”

오연이는 또 다른 옷을 입었다. 짙은 회색 모 투피스에 갈색 밍크 털을 단 검은색 짧은 코트다.

“누군데 바로 보냈어. 전활 하고 더 있다 와도 되는데.”

“옥길동에 살던 인자라구 만난 지가 하도 오래돼서 처음엔 잘 못 알아보겠더라고. 너도 알 만한 애니까 이리 데려와 합석할까도 했지만, 너무 오랜만이니까 너도 그렇고 해서. 세월이 너무 많이 흘렀잖아. 그 애 참 예뻤는데 글쎄 쭈구렁 할머니가 됐더라구.”

“그런 걸 보면 넌 안 늙었지. 내 눈에만 그렇게 보여 그런지는 몰라도, 넌 아직 쓸 만해.”

“야 흉측하다. 우리 이제 노인네들이라고. 인자가 하는 말이 나보고 너도 늙었구나 하더라고. 이제 점잖게 놀아야 되겠어.”

“아냐. 그럴수록 젊게 살아야지. 예전 생각하며 젊게 살아야지.”

“자신도 없으면서 그러냐.”

“아니야. 나 자신 있어. 흔히들 나이는 숫자에 불과하다고도 하고. 그러니까 마음먹기에 달렸다고나 할까. 그냥 젊은 생각을 하면 젊은 거지. 안 그러냐?”

“그래 좋은 마음을 가지고 쭉 나가면 별일이야 있겠니. 그렇다면 오늘 우리는 어디로 갈 것인가. 원미동. 원석이 처에게로 가자. 여기서 밥을 먹은 후 전화하고 만나러 가자. 우리의 일을 진행해 나가야 하잖니.”

〈책임지는 사람〉 나보다도 오연이가 원석의 일에 깊이 들어선 것 같다. 이 달이 지나면 동창회가 바로 있는데, 아직 원석이 처를 만나지도 못한 걸 인식한 것 같다.

“그래. 그렇게 하자. 날짜가 얼마 안 남았다. 나 일요일에 우리 한 회장 만나 동두천에도 갔다 오고 모임 얘기 다 끝냈다. 그러고 보니 너, 내 말 잘 알아듣는구나. 고맙다.”

“알아듣고 뭐고 우리 약속한 일이잖어. 나 약속은 꼭 지키는 사람이다. 약속을 지키는 일은 책임을 지키는 일이라며.”

“내가 그랬던가, 네가 그랬던가. 그래 신촌역에서 만나자고 해 놓고선 이제 나타났냐? 약속 지키려고?”

“그 얘기 또 하기냐. 그래. 이제라도 약속 지키겠다는데도 안 되는 거냐?”

“아니다. 너도 원석이 같이 불통고집이 있다는 이야기다. 밥이나 먹자.”

47

우리는 원석이 아내를 만나기 위해 초원에서 점심을 먹고 부천 원미동으로 떠난다. 저번에 비가 많이 내리던 날, 그녀와 만났던 커피숍 '원미'에서 만나기로 약속이 되었다. 우리들이 먼저 도착하여 그녀를 기다린다. 정확한 시간에 원석이 처 공 여사가 다방 안으로 들어온다. 눈치 빠르게 처음인 오연이가 그녀일 거라는 촉이 왔는지 자리에서 일어서 그녀를 맞이한다. 나도 일어서면서 오연이를 소개한다.

"이쪽은 내 친구 한오연 여삽니다. 우린 고향 친굽니다."

"네에, 승협이 엄맙니다. 만나 뵙게 되어 반갑습니다."

오연이가 허리를 조금 굽혀 손을 내밀며 공 여사의 손을 잡는다.

"소개받은 대로 나 중리에 살던 한오연입니다. 우선 앉읍시다."

오연이와 나는 나란히 앉고 원석이 아내는 우리의 건너편 자리에 앉는다. 그녀는 앉으면서 지난번같이 코트의 지퍼를 조금 연다. 코트 안으로 그녀의 옷이 드러난다. 그전처럼 평상복에 코트를 걸치고 나온 모양이다. 소탈한 여인임에는 틀림없었다.

나는 제일 나중에 앉으면서 본론으로 들어갔다.

“그동안 별 일 없으셨죠. 건강하시고요?”

원석이 아내는 같은 여자인 오연일 의식하면서 조용히 입을 연다.

“저번에 잘 들어가셨죠. 그 후로 많은 생각을 했습니다. 당사자들도 아닌데 우리를 위해 신경 써주시고 계신데 우린 당사자이면서 몇 년 동안 아무런 진전이 없으니 답답하시겠죠. 전에도 말씀드렸지만 그 사람이 좀 그런 면이 있어서요. 아이들하고도 의논해서 잘해보는 수밖에요. 죄송합니다.”

“아녜요. 죄송하긴요. 그때도 말씀드렸지만 우리 일입니다. 바로 내 일이기도 하고요. 그런 걱정은 마시고 앞으로 한 여사가 찾아뵐 겁니다. 요기 인천에 살고 있으니까. 어려운 일은 아닐 겁니다. 우리 일에 협력하기로 했으니까 어려워 마시고 잘해 봅시다. 승협이 아빠하고도 아는 사이고 저번에 배다리에 가서 인사도 했으니까. 여자분들끼리 허심탄회하게 잘 논의해 보시기 바랍니다.”

“성원이, 아니 이 친구 말이 맞습니다. 제가 연락드리고 찾아뵐 거니까. 그때 여자끼리 얘기하기로 하고 오늘은 차나 드시죠.”

그때 주문한 커피가 날라져 온다. 우리는 서로 말없이 커피, 잔을 들었다.

48

우리들의 연말모임, 즉 총회의 날이 드디어 왔다. 장소는 원석이네 배다리다. 그동안 오연이는 원석이 아내를 만나 잘 챙기고, 윤석이 형은 친구들을 통해 지석일 국립요양원에 입원을 시켰다.

하늘은 스스로 돕는 자를 돕는다고 했던가? 오늘 오연이는 원미동으로 가서 공 여사를 데리고 시간에 맞춰 회의장으로 오겠다고 했다. 나는 서두르지 않고 느긋하게 일을 진행시켰다. 원석이의 큰아들 승협이에게 오늘의 시나리오를 미리 말해주어 마음의 준비를 시켰다. 문제가 있다면 날씨다. 간혹 참석하기로 했던 친구들이 날씨가 안 좋으면 오지 않는 경우가 있다. 그러나 일기예보에 따르면 날씨도 몹시 춥다거나 눈발이 날리지는 않겠다고 했으니 걱정할 일은 아닌 것 같았다. 참석인원을 파악하기 위해 아침에 나는 친구들에게 두 번째로 전화를 걸어 참석여부를 물었다. 중리에 사는 낚시꾼이자 술주정뱅이인 남일우가 못 온다고 했고, 동두천에 사는 황장수도 장사 땜에 못 온다고 미안하단다. 새로 변경된 사항은 없다. 원석이 큰아들 승협이에게 말한 예정된 인원 그대로 40명이다. 오늘 원식이는 40여 명의 박수를 받으며재결합을 할 것이다. 오연이가 원미동에서 원석이의 아내 공 여사를 타이밍에 맞춰 우리에게 인도하여 등장시킨다. 그때 박수갈채를 받으면 우리의 작전은 성공하게 된다. 참으로 좋은 일이다. 그렇지만 나의 마음은 큰일을 앞두고 있어서인지 조금은 떨린다.

"여보, 우리 자동차로 갈 거요?"

아내가 걱정이 되나 보다. 나는 자동차보다는 버스를 타고 가는 게 좋을 것 같았다. 먼 데서 차를 가지고 오는 친구가 꽤 되므로 나까지 자동차를 가져가면 매우 번잡할 것이다.

"아뇨. 길도 조금 미끄러울 것이고, 배다리 주차장이 넓지 않을 것 같으니 버스 타고 갑시다. 시간도 얼마 걸리지 않는데 뭘."

"그래요. 가까운데 그리합시다. 난 혹시 친구들이 많이 오니까 자동차 가지고 가나 해서 물어본 거요. 생각 잘했소."

아내가 조금은 긴장이 되나 보다. 나는 식순과 경과 보고서를 챙기고, 회원 명단을 두어 잘 챙긴다. 내가 총무와 연락책을 맡고 있기 때문이었다. 그렇게 한 지 38번째 맞는 총회다. 그러고 보면 참으로 긴 세월이 흘렀다.

49

밖은 어제 내린 눈의 양이 많지 않아 마치 흰옷을 기워 입은 것 같아 보였다. 그래서 풍광이 보기에는 그리 좋지 않았다. 검은 아스팔트길이나 밭이나 논 위에 띄엄띄엄 개토를 위해 뿌린 불그레한 흙으로 덮여 있었다. 그 위에 눈이 쌓이지 않아 보기에 좋지 않았다. 눈이 많이 내려야 더러운 곳을 다 덮을 수 있는데. 거기다 길은 또 질퍽거린다. 자동차를 안 가지고 나오길 잘했다.

나는 아내와 함께 개회시간보다 1시간이나 앞서 회의장에 도착했다. 아직 온 사람은 없다. 원석이 큰아들이 우리를 알아보고 내 앞으로 오면서 곁에 같이 있는 아내를 쳐다본다.

"우리 와이프다. 이 친구가 큰아들이요. 잘 생겼죠?"

"진승협입니다. 어서 오십시오."

"어머나 이렇게 잘생긴 총각이 아직 장가를 안 갔다고."

"장가는. 당신 딸이라도 있으면서 하는 말이요?"

나는 아내라든가, 처란 말 대신 오연이와 함께 있을 때 쓰던

대로 와이프라고 소개를 했다. 아내는 승협이의 잘생긴 얼굴을 보고 탐이 나는지 여러 번 그의 얼굴을 쳐다본다. 어쩌면 그보다도 더 잘생긴 우리 작은아들과 비교하는 것이리라.

"그 녀석 통통하니 참 잘생겼네. 당신 말대로 딸이 있음 주고 싶네."

아내는 승협이가 안내하는 대로 원석이와 늘 앉던 카운터 앞 자리로 가 앉았다. 그러면서도 승협이를 자꾸 쳐다본다. 그래서 하마터면 의자에 앉기 전에 주저앉을 뻔하였다. 다행히 내가 잡아주었기 망정이지 작은 사고라도 날 뻔했다. 오늘은 유니폼을 입고 있는 여자 종업원이 커피를 갖다 준다. 커피를 다 마셔갈 때쯤 밖을 바라보니 어둠이 서서히 찾아들고 있었다. 친구들은 아직 오지 않았다. 시계를 보니 6시가 거의 다 되어가고 있었다. 그때 나의 핸드폰이 울렸다. 나는 오연이에게 온 것임을 직감했다. 아내의 곁에서 일어서서 밖으로 나가면서 오연이의 전화를 받았다.

"그래. 잘됐냐?"

"그럼. 내가 말했잖어. 내 임무를 다할 것이라고, 지금 은수 초등학교 안에서 공 여사와 둘이 기다리고 있다. 짐도 싣고 왔다. 차가 두 대다. 신호만 줘라. 내 타이밍에 맞춰 달려갈 것이니까. 알았지?"

"그래. 알았어. 그럼 이따 봐."

우리의 일은 순조롭게 진행되어 가는 것 같다. 그런데 회원들이 아직 한 사람도 안 왔다. 시골 길이라 6시 정각을 잡으려다 30분을 더 주었더니, 시간에 맞추어 오려는가 보다. 그때다. 근사한 차가 도착하면서 두 쌍이 차에서 내린다. 약간 어두워서 분별하기가 곤란했으나 가까이 가 차를 보니 한용진의 자동차다. 그들이 자동차에서 내려 현관 쪽으로 걸어오고 있었다. 한 회장 내외와 개봉동의 박 사장 내외다. 한 회장 부인이 먼저 날 알아본다. 주차장 주변의 나무에 장식한 LED 은하수의 불빛이 그들의 얼굴에 오색을 칠하면서 깜박거린다.

"아~ 아. 진 선생님 수고 많으셔요. 사모님도 오셨죠?"

그녀는 나를 언제나 진 선생님이라 부른다. 뒤따라 박인섭의 아내인 여의사 장 원장이 목 안에 구슬을 넣어 굴리는 듯한 목소리로 인사를 한다.

"아니, 영석이 어머님은 안 오셨어요?"

영석인 내 작은아들의 이름이다.

"아, 네. 저기 같이 왔습니다. 고맙습니다. 어서들 오십시오."

나는 그들을 안으로 안내하면서 박인섭과 악수를 나눈다. 한 회장과는 악수를 하지 않는다. 나는 그와 자주 만나는 처지고, 그나 나나 악수를 아끼는 사람들이다.

"어떻게 같은 차로 왔어?"

내가 박인섭에게 묻는다.

"한 회장 좋은 차 좀 타자고 그랬지. 내 찬 언제 적 그랜저야, 그래서."

"그래. 잘했네. 둘인 가까이 지내니까 같이 다님 좋지."

"그래. 사업은 잘 되고?"

"항상 그렇지, 뭐."

"영석이 나 어제 신문에서 봤다. 그 회사 요즘 잘 나가더라. 회장단 프로필이 쭉 나왔는데 아쉽게도 영석이가 전무로 끝에 나왔더라고, 사장 한번 해야지 않겠어. 그런데 말야. 언제 헬싱키대에서 MBA를 받은 거야?"

"으응 그거. 공부는 여기서 하고 졸업 때 한 두어 달 그곳에 가서 졸업장을 받았지. 그때 딸애까지 데리고 갔는데 그 애가 벌써 고등학교에 들어갔잖아.

민사고. 너 민사고 알아?"

"역시 부모가 잘하면 자식은 따라 잘하게 돼 있어. 민사고 알고말고. 그만 들어가자!"

"그래. 난 조금 더 있을게. 저기 또 누군가 오네."

50

6시 반이 가까우니까 한 팀 한 팀 오기 시작한다. 혼자 오는 사람도 있었다. 나는 더 기다리기로 한다. 밖이라 좀 추워 온다. 안으로 들어가 보니 여자들은 여자들끼리 남자들은 남자들끼리 모여 있다. 작년보다 더 많이 늙어버린 얼굴들이다.

7시. 30분이나 코리언 타임이다. 고향을 찾는 데 시간이 걸린 때문이다. 나는 개회를 선언하고 식순에 따라 묵념을 했다.

실개천에 맑은 물이 흘렀습니다. 송사리며 미꾸라지들이 그 물속에서 살았고, 철없는 아이들은 그것들을 잡으려 맨발로 물속에 뛰어들었습니다. 아이들은 무엇이 좋은지 깔깔대며 웃었습니다. 파란 하늘 흰 구름 사이로 종다리며 온갖 작은 새들이 날았습니다. 어느 사이 푸른 벌판은 누런 황금물결로 변하여 풍성한 가을이 되었습니다. 그러더니 흰 눈이 마을을 온통 하얀 천지로 만들었습니다. 봄이 오더니 눈은 녹아 다시 실개천으로 흘러 저수지를 만들었습니다. 여름이 오는가 했더니 전쟁이 터졌습니다. 친구들은 웃음을 잃었습니다. 전쟁은 맑던 물을 흐리게 하고 시원한 바람을 혼탁하게 만들더니 우리의 벗을 세상에서 데려가기도 했습니다. 이제 그 이름을 불러 봐도 소용없는 일이지만 우리들은 올해도 여전히 여기 모여 우리들의 곁을 떠난 벗들을 기리며 지난날들을 묵상하고 있습니다.

살아 있다는 것은 보람입니다. 먼저 간 벗들을 진심으로 기리며, 남아 있는 벗들에게 남다른 우정을 드리고 희망을 주고자 이렇게 머릴 숙였습니다. 여기 이 고향에서 자라온 아름다운 마음으로 이 몸을 숙였습니다.

내가 총무 일을 맡고 있기 때문에 더러 내 맘대로 식을 거행하기도 했다. 장소가 좁거나 인원이 많지 않을 때에는 국민의례, 국기에 대한 경례, 애국가 제창 등을 생략하기도 했다. 하지만 이 묵념만큼은 빼지 않는다.

다음은 그동안의 경과보고를 할 차례다. 혹시 죽은 동창이 있다든가 길흉사가 있었으면 보고한다. 그다음에 회장의 인사말이 있고, 다음은 각자가 하고픈 개인의 의사 발표하면 공식적 행사는 끝난다. 그런데 이번에는 공식행사 후 여흥을 마련했다. 나는 한용진 회장이 인사말을 하는 사이를 이용해 화장실 가는 쪽으로 들어갔다. 그런 다음 오연이에게 전화를 건다. 오연은 이미 배다리 주차장에 와 있었다. 나는 한 회장의 인사말이 끝나자 식순을 적은 메모지를 꺼내어 일부러 큰소리로 다음 순서를 외쳤다.

"식순에 따라 자기소개의 시간이 되었습니다. 올해는 두 분이 같이 나오셔서 인사를 하시고, 하고 싶으신 이야기를 하십시오. 이는 먼저 두 분의 정다운 모습을 제가 사진으로 남기고 싶어서입니다. 기분이 좋으시면 여러 친구들 앞에서 두 분이 포옹을 하셔도 좋습니다. 자, 그럼 앉은 순서대로 윤회장님부터 나오십시오."

나는 스마트폰의 앱을 카메라로 터치한다. 박수가 울리고 윤무영 회장이 일어서서 그의 아내를 불러 마이크 앞으로 나오라는 손짓을 한다. 그는 인천에서 D고등학교를 졸업하고 서울에 있는 S대 농대를 나온 농사꾼이지만 고향의 발전을 위하여 통대의원을 지내기도 했다. 또 은수초등학교 총동창회의 회장을 역임하고 있기도 하다.

그는 말이 길었다. 워낙 웅변에 능하기도 했지만 고향에 대한 세부적인 일까지 잘 알고 있기에 할 말이 많았다. 유병욱 원장과 같이 고향에 대한 집착이 큰 사람 중 한 사람이었다. 그는 우선 총동창 중에 장군이 된 후배의 이야기며, 모교의 학생수가 100명이 못돼 폐교 위기가 있었다는 말을 꺼낸다. 그러더니 끝으로 나의 이야기를 꺼내려고 한다. 나는 그의 동부인 사진을 찍었던 터였지만 플래시를 열어 번쩍 섬광을 일으켜 신호를 보냈다. 그러곤 내 얘기를 하지 말라는 눈짓을 보내고는 그의 사진을 한 장 더 찍는다. 그러나 그는 못 알아차린 듯이 나의 얘기를 눈도 깜짝 않고 말을 잇는다.

"여기 진 총무는 아들 농사를 잘하여 말년에."

하는데 나의 핸드폰이 또 울어댄다. 나는 소리 나는 핸드폰을 주머니에서 꺼내 보이면서 잠깐 실례한다는 제스처를 취하고는 밖으로 나갔다. 이번에도 오연이의 전화였다.

51

나는 원석이 아내의 차로 발길을 뗀다. 원석이 아내는 운전석에 앉아 있고, 오연인 그녀의 옆에서 나를 기다리고 있었다.

"많이 기다렸단 말야. 난 갈란다. 잘해 봐라."

그리고는 내 말이 떨어지기도 전에 차에서 내려 자기의 차에 오르더니 시동을 걸고는 떠나버린다. 나는 원석이의 처 공 여사의 차 앞으로 간다.

"잘 오셨습니다. 어서 오십시오. 지금 분위기가 막 피어올랐습니다. 들어가십시다."

"네에, 먼저 들어가세요."

저 아래 신작로로 내려선 오연이의 차를 힐끗 보고는 나는 원석이의 처 공 여사를 뒤따르게 하고 배다리의 문을 민다. 승협이가 카운터에 서 있다가 그의 어머니를 눈빛으로 반갑게 맞이한다. 나는 순간 그의 눈엔 이슬이 맺히는 것을 보았지만 그의 어머니 공 여사는 내 뒤를 따라와 아들의 눈빛을 보지 못한 모양이다. 장내는 갑자기 조용해지면서 우리에게 시선이 집중된다. 내 아내가 일어서면서 손뼉을 치기 시작했다. 뒤따라 모두들 일어서 손뼉을 치니 기립박수가 된다. 원석이는 처음에는 조금 놀란 듯했지만 점점 덤덤해졌다. 어제도 내가 심한 어조로 말을 하였기에 어느 정도는 예상했는지도 모른다. 그가 결국 쑥스러운지 고개를 돌리며 일어서더니 나가려고 한다. 나는 그의 앞을 막아서며 윤무영 회장이 쥐고 있던 마이크를 빼앗아 큰소리로 외쳤다.

"여러분! 오늘의 주인공을 소개합니다. 여기 배다리의 주인이시고 진승협 사장의 아버지이신 진원석 군을 소개합니다."

하면서 나는 원석이 아내를 그에게 가까이 밀어 손을 잡게 했다. 박수가 또 터져 나왔다. 나는 스마트폰 카메라 플래시를 번쩍하고 터뜨린다.

그들은 고개를 숙이고 있고 작은아들 승우가 어디에 있다가 어느 사이에 왔는지 그들의 곁에서 서 있었다. 승우는 이슬 맺힌 눈으로 두 사람을 바라본다. 나는 얼른 그들에게 손짓을 하여 그들의 부모 곁으로 바싹 다가와 포즈를 취하게 했다. 그들 형제가 부모를 양쪽에서 에워싸듯 섰다.

"사진, 좋습니다. 웃으세요."

나는 카메라의 앵글을 맞추고 셔터를 터치한다. 플래시가 연속으로 터졌다. 장내는 잠시 조용해졌다. 나는 사진을 찍기 위해 마이크 대에 꽂았던 마이크를 다시 뽑아 윤무영 회장에게 넘겨준다. 그가 나보다 언변이나 설득력이 훨씬 좋은 것을 알기 때문이다. 그는 나를 대신해 이 상황을 잘 설명해 줄 것이다.

윤 회장은 마이크 앞으로 입을 가까이했다.

"진 총무가 이렇게 훌륭한 일을 할 줄은 몰랐습니다. 저번 학교에서 만났을 적에도 이런 좋은 일이 있을 거라고는 못 들었습니다. 전 교회는 안 나가지만 어쩌다 교회에서 결혼식이 있어 가보면, 목사의 주례 중에 '하나님이 짝 지어 주신 것을 사람이 나누지 못한다.'는 말은 꼭 하더라고요. 한번 결혼하면 검은 머리 파뿌리가 되도록 해로해야지, 이혼이 말이 됩니까? 요즘 이혼하는 사람들이 너무 많아요. 우리 박수 한 번 더 치고, 진 총무에게도 힘찬 격려의 박수를 보냅시다."

또 한 차례의 박수가 장내를 울려 퍼진다. 박수가 끝나자 기다린 듯 개봉동 박인섭의 아내가 공 여사 앞으로 달려나간다. 박인섭은 원석이 고모의 아들이고, 원석이는 박인섭의 외삼촌 진성환 씨의 아들이다. 그러니까 그들은 사촌지간이다.

"승우 엄마. 이게 얼마만이야. 정말 잘 왔어. 이제 승우 할머니도 안 계시고, 승우 삼촌도 없는데 정말 잘 돌아왔네. 이렇게 잘 지어놓았는데 안주인이 없어서야 어디 말이나 돼요. 안 그래요. 서방님!"

원석이는 그녀의 부름에 대꾸하지 않는다. 그러자 수다쟁이 여의사는 원석이 아내의 손을 끌어 부인들 자리로 데리고 간다. 부인들 좌석에서 또 한 차례 큰 박수소리가 난다.

한편 남자들은 원석이 처의 모습을 한 번 더 쳐다보고는 떠들며 음식을 들기도 하고 술을 마시기도 한다. 나는 승협이에게 소주 두 병을 더 주문하고 부인들 좌석엔 음료를 더 주문했다. 기분 좋게 취하게 하고 기분 좋게 헤어지는 것도 나의 일이다. 참석자 수는 18쌍에 외톨이가 4명, 원석이 내외를 합치면 도합 42명이다. 오연이의 동갑내기 김규환은 참석하지 않았지만 이 모임은 대성황을 이룬 셈이다. 승협이가 기분이 좋았는지 회의 중에 멎었던 음악을 낮은 볼륨으로 다시 튼다. 장내에 '화이트 크리스마스'가 부드럽고 조용하게 흐르기 시작한다. 하지만 시간이 흐를수록 술꾼들의 술주정이 서서히 달아오르고 장내는 어수선하게 변해간다. 부인들 자리에서는 간혹 웃음소리가 들렸다. 윤무영 회장의 부인 등 고향에 남아 사는 친구들 틈에 끼어 웃는 원석이 아내의 목소리도 들렸다.

나는 술을 못하는 까닭에 이리저리 부족한 음식이 없나 돌면서 사진도 찍었다. 외톨이로 온 신성규가 담배를 피우려는지 밖으로 나간다. 나도 그를 따라 밖으로 나섰다.

52

정원수에 장식한 LED 은하수 불빛이 진짜 은하수 별빛처럼 가득히 주변을 밝히고, 학교 옆 한식집 네온 간판의 불빛이 색색으로 빛을 낸다. 신성규가 외톨이라 쓸쓸했는지 혼자서 담배를 피우고 있었다. 나는 그의 곁으로 가 위로 말 한마디라도 해줄까 하다가 하늘 위로 눈을 돌린다. 거기 또 무한히 너른 공간에 찬란한 별빛들이 나의 눈 안에 머물더니 함박눈이 내리듯 나의 마음속으로 쏟아진다. 안에서의 모임은 무르익어가고 밤은 말없이 깊어만 간다. 내가 홀로 밖에 있다. 그런데 갑자기 누군가가 끼어든다. 작년에 부인을 저세상으로 보낸 이기성이다.

"아니 진 총무. 이렇게 그냥 내버려 둘 거야. 술도 안마시고 혼자 뭘 하는 짓이야. 그렇다고 사진 찍는 것도 아니고 말야. 노래를 해야지. 노래를. 노랠 해야 끝이 나는 거지."

나는 그의 손에 잡혀 홀 안으로 들어가 마이크의 스위치를 올려 장내를 정리하고는 이기성을 마이크 앞으로 세운다.

"여러분. 부족한 것 있으면 말씀하시고요. 여기 이기성 군이

한곡 뽑으시겠다니 우리 박수로 그를 맞읍시다. 박수~"

이기성. 그가 노래를 시작한다.

한 많은 이 세상 야속한 님아
정을 두고 몸만 가니 눈물이 나네
아무렴 그렇지 그렇고 말구
한오백년 사자는데 웬 성화요~

그의 답답함을 노래로 부른다. 이기성은 노래를 마치고 나의 앞으로 와 내 손을 잡아 마이크 대 앞으로 나를 끈다.

"우리 진실한 친구. 진 총무의 노래를 들읍시다."

그는 마이크를 나에게 넘기고는 원석이 앞으로 가 빈 술잔을 내민다. 한 잔 더 달라는 시늉이다. 나는 아랑곳하지 않고 마이크를 잡는다.

"아시다시피 난 노래는 잘 못 부릅니다. 아이들이 연년이 군대에 가는 바람에 참 쓸쓸했는데, 그 무렵 아내와 같이 부른 곡 '사랑으로'를 부르겠습니다. 박순 치지 마십시오."

나는 아내에게 손짓을 보내 내 옆으로 오게 한다. 결혼 25주년을 앞둔 시기에 연년이 군대에 간 아이들을 그리워하며 아내와 한동안 같이 부르곤 했던 노래가 '사랑으로'였다. 나는 그때로 돌아간 듯 아내의 손을 꼭 잡는다.

내가 살아가는 동안 할 일이 또 하나 있지
바람 부는 벌판에 서 있어도 나는 외롭지 않아
그러나 솔잎 하나 떨어지면 눈물 따라 흐르고
우리, 타는 가슴마다 햇살은 다시 떠오르네
아~ 영원히 변치 않을 우리들의 사랑으로
어둔 곳에 손을 내밀어 밝혀주리라

박수는 크게 울렸지만 노래는 명창이 아니다. 그저 노랫말이 좋고, 나와 내 아내 사이가 좋아 보였기 때문이다.

나는 물 한 컵을 마신 후 윤무영 회장 옆에 앉아 있는 개봉동 박인섭을 지목했다. 그의 아내 장 원장이 나오자 마이크를 그들에게 넘기고 스마트폰 카메라에 그들 내외를 담았다. 박인섭은 나와 중고등학교를 같이 나온 동창이었다. 그는 Y대를 졸업하고, 70년대 초에 미국, 캐나다 등지를 돌며 10만 불도 더 쓰고 돌아온 건달이지만 성격이 좋은 수다쟁이 여의사 장 원장을 만나 아들 하나를 두었고 지금까지도 잘사는 친구다. 그는 노래를 부르기 전에 한 차례 연설을 한다.

“우리의 모임이 오늘까지 유지되고 있는 것은 순전히 우리 진 총무의 희생정신에서 나왔다고 해도 과언이 아닙니다. 방금 전에도 보셨지만 우리 진 씨가의 숙제까지도 우리 진 총무가 풀어냈습니다. 그런 의미에서 진 총무에게 한 번 더 박수를 주시면 한 곡조 하겠습니다."

그의 노래는 씩씩한 그답게 조용필의 '킬리만자로의 표범'이다. 그의 아내는 그 옆에서 그의 노래를 듣기만 했지만, 싫은 표정은 아니다.

살아가는 일이 허전하고 등이 시릴 때
그것을 위안해줄 아무것도 없는 보잘것없는 세상을
그런 세상을 새삼스럽게 아름답게 보이게 하는 건
사랑 때문이라고
사랑이 사람을 얼마나 고독하게 만드는지
모르고 하는 소리지
사랑만큼 고독해진다는 걸 모르고 하는 소리지

바람처럼 왔다가 이슬처럼 갈 순 없잖아
내가 산 흔적일랑 남겨둬야지
한 줄기 연기처럼 가뭇없이 사라져도
빛나는 불빛으로 타올라야지

묻지 마라 왜냐고 왜 그렇게 높은 곳까지 오르려
애쓰는지 묻지를 마라
고독한 남자의 불타는 영혼을 아는 이 없으면 또 어떠리~

그는 중간 가사를 먼저 부르고 1절의 노래를 끝내더니 마이크를 나에게 넘기지 않고 마이크 대 옆에 앉아 있던 원석이에게 넘겨주었다. 그러더니 여자들이 앉은 자리에서 원석이 아내를 불러낸다.

"계수씨 나오십시오. 오늘의 주인공인데 노래를 하셔야지요."

원석이가 얼떨결에 마이크를 받아들고 여자들 좌석에 앉아 있는 그의 아내를 찾는다. 박수 소리가 난다. 원석이 아내가 선뜻 자리에서 일어나더니 원석이 곁으로 걸어가 나란히 선다. 나는 다시 한 번 카메라의 셔터를 터치한다.

원석이가 노래의 말문을 열고, 그의 아내가 뒤따라 노랫말에 맞추어 노래를 부른다.

사랑해 당신을 정말로 사랑해
당신이 내 곁을 떠나간 뒤에
얼마나 눈물을 흘렸는지 모른다오
사랑해 당신을 정말로 사랑해

노래가 끝나자마자 두 아들이 그들의 곁으로 다가서 합세를 한다. 승우가 힘을 주어 '사랑해 당신을 정말로 사랑해' 하며 재창을 하니 네 식구는 큰 소리로 '당신이 내 곁을 떠나간 뒤에 얼마나 눈물을 흘렸는지 모른 다오' 하며 그 노래를 반복해 한 번 더 부른다. 정말로 보기 좋은 모습이었다. 술을 마시던 친구들도 이 같은 감동적인 장면에 술이 깨는지 모두들 이 가족의 합창 속으로 빠져 들어간다. 나는 아내의 얼굴을 살펴본다. 아내가 그들의 광경을 보면서 넋 나간 사람처럼 물끄러미 바라보고 있었다. 그러면서도 흐뭇해 하는 모습이 역력하다. 그러나 나는 그런 좋은 분위기가 고조될수록 다른 한쪽으로 깊은 수렁으로 빠져든다. 사랑에는 항상 사탄이 끼어들어 슬픈 사연을 만든다. 그것이 걱정이었다.

오연이와 자주 만나다 보면 새로운 정이 들어 때론 아내에게 거짓말을 해야 하고 친구들을 속여야 한다. 그러다 보면 결국 나는 더더욱 깊은 수렁에 빠질 수 있다. 아내는 울고, 친구들은 내 뒤에서 비웃을지도 모른다. 이런 상상을 하니 나의 불안감은 점점 더 커간다. 바로 사탄이 꿈틀거리는 거다.

"야, 사랑타령만 하면 다냐. 뽀뽀 좀 해라. 몇 년 동안이나 굶었는데 뽀뽀라도 한번 해야지. 아주머니 원석이 좀 한번 안아주세요~"

원석이 옆에서 원석이와 술잔을 주고받던 술꾼 이기성이 자리에서 일어나 비틀거리면서 그들 부부 앞에서 술주정을 해온다. 원석이 아내는 원석이 뒤로 피해 선다. 나는 그들 부부의 불안해하는 표정을 또 사진기에 담는다. 어찌 보면 오랜만에 행복이 넘치는 모습인지도 모른다. 아직도 많은 친구들의 노래가 남아 있었다. 나는 마이크를 대에서 뽑는다.

"참으로 좋은 노래를 들었습니다. 다음은 공직자의 올바른 자세로 우리 고향 시흥시를 위하여 평생을 바치시고, 어쩜 내년에 시장님으로 출마하실 지도 모르는 민창웅 군 내외를 소개합니다."

민창웅은 시흥시가 되기 전부터 면사무소의 호적계원으로 시작하여 시흥시가 되면서 총무과장을 거쳐 부시장까지 올랐다. 그는 평생을 모범공무원으로 살아왔다. 그는 전화 한 통을 받는데도 친절미가 뚝뚝 떨어졌고 공무원으로서 항상 단정하고 깔끔한 용모를 유지해 왔다. 그랬던 그답게 지금도 똑바른 자세를 취해 노래를 부른다. 나는 그들 부부를 또 사진기에 담는다.

얼어붙은 달그림자 물결 위에 자고
한겨울에 거센 파도 모으는 작은 섬
생각하라 저 등대를 지키는 사람의
거룩하고 아름다운 사랑의 마음을~

다음은 한용진 회장의 차례였다. 그는 아이들 땜에 88올림픽 다음해부터 미국엘 뻔질나게 드나들어 영주권을 받아 미국 시민이 되는 줄 알았더니 뉴욕의 테러사건 이후 영주권을 포기하고 돌아와 여생을 이웃과 친구들을 만나며 보내고 있는 뼛속까지 한국인이다. 그런데 한 회장보다는 그의 아내가 노래를 더 잘했다.

다음으로 나는 한 회장 옆에 앉아 있는 4대 회장을 지낸 KBS TV 기술부에서 반평생을 보낸 김영민을 지목하였다. 그는 초등학교 때부터 노래를 잘 불렀다. 그래서인지 요즘 한창 유행인 인순이의 '인생'을 감칠맛 나게 잘도 불러 넘긴다. 그의 옆에서 따라 노래를 부르고 있는 그의 부인은 굉장한 미인이었다.

계절 가듯 세월에 실려 사는 것
바람에 구름 가듯 우리도 그런 걸까
만남 이별 언제나 우릴 스치듯
삶이란 건 새로운 거죠. 너와 나 우리의 얘기죠

사랑하고 미워하면서 작은 일에 감사 기도하면서
돌이켜 봐도 후회 없도록 다시 또
짧은 인생길 그렇게 사는 거겠죠

인생이란 그런 거죠
잠시 쉬어 가는 우리 여행길
아름다운 세상에 우릴 새기는 흔적들
그게 인생이죠. 사랑이겠죠

폐회를 하고 싶다. 술이 너무들 취했다. 나는 마이크를 잡는다.
"여러분! 참으로 고맙습니다. 우리가 이제 살아야 몇 년이나 더 살겠습니까. 아무쪼록 몸 건강하시고 내년에도 오늘처럼 좋은 자리가 되기를 원합니다. 오늘 부족한 점도 많이 있었지만 좋은 모습 보고 가니 그것으로 대신하시고, 이제 폐회를 선언하고자 합니다. 교가는 아니지만 우리가 늘 부르는 '고향의 봄'을 부르며 기쁜 마음으로 헤어집시다. 감사합니다."
나는 교가대신 '고향의 봄'을 부르고 있는 고향의 친구들을 카메라 화면 속에 넣고 셔터를 터치했다.

나의 살던 고향은 꽃피는 산골
복숭아꽃 살구꽃 아기 진달래
울긋불긋 꽃동네 차린 동네
그 속에서 놀던 때가 그립습니다

53

총회가 있은 다음 날, 나는 영등포에서 오연이와 만났다. 원석이 아내를 원미동에서 우리들의 시나리오에 맞추어 데려오고도 차 한 잔 못하고 곧바로 돌아선 그녀에게 고맙다는 인사는 해야 했다. 그리고 또 어제 일들에 대해서도 이야기를 해야 한다. 행사 이래 그녀에게 꼭 하고 싶은 말이 있었다. 그것은 앞으로 그녀와의 만남과 관련된 것이다. 무엇보다도 내가 깨끗한 사람, 책임지는 사람이 되기 위해 꼭 하여야 하는 말이었다.

하늘은 엊저녁 하늘만큼이나 맑지가 않았다. 아무래도 눈이 올 듯 음산하고, 희뿌여니 흐렸다. 나는 초원 안으로 들어선다. 오연이가 먼저 와 기다리고 있었다.

"오래 기다렸어?"

"아니, 지금 막 왔어."

"어제 너 수고 많았다. 참 잘했고 고마웠다."

"잘된 거지?"

"잘되고말고. 사진 여기 찍어왔으니까 봐라."

나는 내 스마트폰에 저장해 놓은 어제의 사진을 보여주었다. 오연인 한 장면 한 장면 넘기면서 웃기도 하고 얼굴을 찡그리기도 했다. 한참을 보다가 이기성이 술주정하는 장면이 나오자 낄낄대고 웃는다.

"얘. 규환이 동네 술주정꾼 아냐. 개 버릇 남 못 주는군."

"술 안 먹으면 참 좋은 친구야. 작년에 마누랄 보내서 외로운 가봐. 과부와 홀아비. 음양이 맞는 거 아니냐. 잘해 보면 어떨까?"

"야. 징그럽다. 나 술주정꾼은 거저 줘도 싫다."

"술 안 먹으면 그런 친구가 없는데도."

"쓸데없는 얘기 그만하고, 술 석 잔 먹으러 가야지?"

"그래야지. 가면서 할 이야기도 있고."

"할 얘기. 무슨 할 얘기. 지금 해!"

"아니. 가면서 하자. 어제 네가 장내로 들어오지 않은 것은 정말 잘했다고 생각한다. 그건 그렇고 그 집 식구들이 얼마나 좋아했는지 너 모를 거다."

"할 얘기라는 게 뭔데. 말 안 할래?"

"알았다. 옛날 네 자취방에서 말이야. 왜 남자 팬티를 입고 있었냐?"

나는 오연이의 다그침에 진짜로 할 말을 못 하고 엉뚱한 말을 던져버린다. 그날 그녀가 남자 팬티를 입고 있던 이유를 이미 알고 있으면서도 말이다.

"그거. 엄마가 집안에 아들이 없으니까. 남자 옷을 입으면 다음번엔 아들을 낳을 수 있다고 해서지. 그런 미신은 너도 알고 있을 텐데. 그런데 이제 와서 그건 왜 물어."

"정말 그거였단 말이지?"

"그렇다니까. 너 오늘 왜 그러니?"

"진짜 할 말을 못 해서 그런다."

"그래. 그 말이 뭔데, 말해."

"가면서 하자니까."

"너. 진짜로 고집 세구나."

"그래. 이제 알았니?"

"허기야. 네 결단력. 그거 내가 알지. 알았어. 말하고 싶을 때 네 맘대로 해라."

나는 할 말을 하지 않은 채, 초원에서 나온다. 예정대로 술 석 잔을 받아 마시려고 원석이네로 향했다. 밖으로 나오니 하늘에서 가는 눈발이 내리고 있다. 나는 초원에서 나오자마자 인도가 아닌 지하상가로 들어가는 입구로 들어선다.

지하상가의 긴 터널 같은 길을 오연이와 나는 한동안 말없이 걷는다. 할 말을 하게 되면 원석이넬 갈 수 없을지도 모른다. 이 같은 불안감 때문에 쉽게 입이 떨어지지 않았다. 그래, 일단은 원석이넬 가자. 우리는 지하상가에 진열된 갖가지 상품들을 곁눈질하면서 백화점 주차장을 향해 걸었다. 신세계 백화점으로 들어가는 입구에 이르자 오연이가 입을 연다.

"왜 이제 와서 그때 그 일을 꺼내는지 알 수 없지만 그때 우리가 속도위반을 했다면 지금 우리는 부부지간이었을 텐데. 안 그래?"

"그러니까 미신은 절대로 믿을 게 못 된다는 말이지."

54

오연이의 자동차는 먼저와 같이 영등포역 앞에서 경인로를 따라 좌회전을 한다. 고척동과 오류동을 지나 천왕역 앞을 또 지나 원석이네를 향해 달려나간다. 가는 동안 서로 말 한마디 없었다. 부부지간! 미신? 그리고 또 할 말이란 무엇인가? 오연인 다음 말의 골자를 찾느라 운전만 하고 있는 것 같았다. 그리고 눈발이 날려 길이 조금 미끄러웠기 때문에 오연인 운전에 신경을 곤두세우고 운전을 한다.

나는 50여년 만에 만나 어느 날 갑자기 말도 없이 떠났던 이유도 알게 되었고, 남자 팬티를 입고 있었던 이유도 그녀의 입으로 직접 들었다. 못다 한 정을 다해 정동진에도 가 안아도 보고, 긴 이야기와 맛있는 밥도 둘이 나란히 앉아 먹어도 봤다. 그런데 이제 무엇을 더 해야 할까. 나는 아내가 있으니 더 이상은 어쩔 수도 없다. 규환이 덕분에 다시 만났으니 셋이서 밥이나 한번 먹는 것으로 매듭을 짓고 싶었다. 이런 말을 하고 싶은데 얼른 나오질 않는다.

차는 옥길동, 경기화학 입구, 탄천고개를 넘어간다. 눈발이 점점 굵어진다. 오연이는 윈도브러시를 작동시켰다. 윈도브러시는 차창에 날린 눈을 쓸어내린다. 자동차가 배다리로 올라설 때에는 눈발은 함박눈으로 바뀌어 앞이 잘 보이지 않는 정도였다.

자동차는 배다리 언덕을 올라 주차장에 도착했다. 눈은 점점 더 많이 쏟아진다. 기온도 높지 않았다. 스마트폰을 열어 밖의 온도를 재니 영하 0도를 가리키고 있었다. 자동차가 서자 나는 먼저 차에서 내렸다. 그 뒤를 오연이가 뒤따랐다. 우리는 머리 위에 떨어지는 눈을 털어 가면서 배다리 출입문 안으로 들어섰다. 우리를 알아보고 원석이 큰아들 승협이가 반가이 맞아 주었다. 그러면서 주방 쪽을 향해 외친다.

"어머니! 손님 오셨어요."

잠시 후 공 여사가 주방 쪽에서 달려 나왔다.

"어머나. 한 여사님! 총무님도 같이 오셨네요. 어서들 오세요."

"안녕하십니까. 엊저녁에 좋은 꿈 꾸셨겠지요?"

"덕분에 한잠 못 잤어요. 이야기하느라고요."

원석이 아내는 기분이 좋아 보인다. 그러나 그녀의 말대로 한잠 못 잔 푸석한 얼굴은 아니었다. 하지만 분명 흥분되고 즐거운 기분임은 얼굴에 쓰여 있었다.

"이제 배다리가 활기로 넘칩니다. 참으로 좋습니다. 승협이 아버진 어디 갔습니까?"

"아, 네. 집에 있을 거예요. 그렇게 고집부리다가 동생을 요양원에 보내고 나니 허전하고 쑥스럽겠지요. 모셔 올까요?"

"아뇨, 그냥 놔두시고요. 우린 밥 좀 먹으러 왔습니다. 승협이 어머니께서 내실 거지요? 중매 잘하면 술이 석 잔이라는데 그거 마시러 왔거든요. 호호."

오연이가 공 여사에게 말을 이어간다. 그동안에 많이 가까워졌나 보다.

"물론이지요. 제가 두 분께 얼마나 감사한데요, 당연히 제가 내야지요."

승협이가 그 일을 먼저 실행에 옮긴다. 쟁반에 물 세 잔을 가지고 와 세 사람을 카운터 앞자리로 모신다.

"이리로 앉으셔 말씀들 나누시고요. 식사는요?"

"여기 볶음밥이 좋더라고. 그걸로 하자. 승협아."

"네에, 알았습니다."

55

승협이는 오늘따라 듬직해 보였다. 가정엔 역시 어머니가 있어야 하나 보다. 전에 볼 수 없었던 활기찬 기운이 배다리 안을 넘쳐흐른다. 유리창문 밖으로 여전히 함박눈이 쏟아지고 있다. 우리는 기쁨과 행복함으로 가득한 얼굴을 맞대어 가며 볶음밥을 맛있게 먹었다. 늦은 점심이라 더욱 맛이 있었다. 어느새 여종업원이 와서는 우리의 시중도 들어주고 커피도 가져다준다. 나는 커피를 다 마시고는 밖으로 나왔다. 오연이도 원석이 부인도 따라나선다. 눈이 많이 내리고 있었고, 원석이 큰아들이 염화칼슘을 삽으로 뿌리고 있었다. 주차장은 굵은 모래가 섞인 흙이 보이고, 아래 신작로에는 지나가는 차들이 내린 눈을 녹여 까맣게 아스팔트를 드러내고 있다. 눈이 계속하여 내리고 있어서 차들은 거의 기어가다시피 천천히 달리고 있다.

"한 여사. 우리 여기까지 왔는데, 학교에 잠깐 들렀다 가자."

"학교에?"

"그래. 학교 한 번 둘러보고 가자. 언제 또 오겠냐."

원석이 아내 공 여사가 우리들의 다정한 대화를 곁에서 말없이 듣고 있다가 작별 인사를 청한다.

"고맙습니다. 한 여사님. 우리 한번 또 만나요. 꼭이요."

하며 잘 가라는 듯 손을 저어준다.

"네에. 술 석 잔 잘 마셨습니다. 감사합니다."

오연이와 나는 내리는 눈을 피해 차 문을 열고 차 안으로 들어가 앉은 채로 유리 창문을 내리고 공 여사의 작별 인사를 받았다. 배다리 주차장에서 미끄러지듯 버스길로 내려온 오연이는 천천히 입을 연다.

"학교에 들렀다 가자는 거지. 네가 가자는데 내가 못 갈 데가 있겠어? 가자."

약간은 심술이 난 듯 말투가 좀 거칠었다.

"잠깐만 들렀다 가자는 거야. 특별한 일이 있어서가 아니라. 우리가 처음 만난 장소이기도 하니까 말이야."

어릴 적 뛰놀며 꿈을 키우고 우정을 쌓으며 자라난 곳. 어쩜 오연이와 마지막이 될지도 모르는 곳.

원석이와 그의 아내가 재결합하던 날, 나는 내 아내의 행복에 젖어 있는 표정을 보면서 오연이와의 관계를 더 이상 이어가서는 안 되겠다고 마음을 먹었다. 우리는 내년이면 금혼을 맞는 부부이고, 내 인생에 또 다른 생을 끼게 할 능력도 없었다. 살아오면서 아내에게 못다 한 것들을 작은 것부터 조용히 마무리해 나가도 시간이 모자라는 시점에 혼자 된 여자를 어쩌자는 것인가. 결국 오연이와 난 여기까지라는 생각이 엄습한 것이다.

오연의 자동차는 학교 서문을 지나 화단 옆에 멈춘다. 내가 먼저 내리니까 오연이도 따라 내린다. 눈발이 머리 위에 내린다. 거기 뜰 안에 원석이 아버지의 교육공적비가 눈을 맞으며 서 있고, 석고로 만든 이순신 장군, 세종대왕의 동상들이 서 있었다. 나는 운동장 아래로 내려와 철봉 있는 곳까지 오연이와 같이 걸어간다. 오연인 아까부터 말이 없다. 나의 속내를 조금은 눈치챈 것 같다. 얼마 전에 나뭇가지 사이로 보았던 허수아비들이 철봉 기둥에 기대어 네 개가 한데 모아져 기웃하게 쓰러져 있었다. 나는 가까이 다가가 똑바로 세우려는데 허수아비 몸통에서 무언가 푸드득 소리를 내며 날아가는 것이 아닌가! 참새. 참새 한 마리가 놀란 듯 하늘로 날아간다.

"엇 세상에! 참새가 허수아비 몸통 속에서 날아가다니!"

오연이도 이상하다는 눈빛을 하며 말을 뱉는다.

"그러게 분명 참새 같았는데, 세상에 참!"

나는 참새가 날아간 허수아비 앞으로 다가간다.

"생존의 법칙은 참으로 묘해. 그렇지 않아도 요즘 참새가 그렇게 작아졌나 궁금했는데, 그리고 이런 겨울엔 어디서 자나 했는데."

"그래. 저 같은 미물도 제 살길을 찾아 저렇게 살아가고 있는데, 사람은 오죽하겠어. 누가 무서워서, 뭐가 두려워서."

오연인 한숨을 크게 쉰다.

사람이나 동물이나 모두 살기 위해 환경에 적응하지만, 그래도 참새가 허수아비 몸통에서 겨울을 난다니. 참새를 쫓으려 세운 것이 허수아비인데 참 묘한 이치가 아닌가. 그래도 참새야 잘 곳이 없으니 허수아비 속을 선택할 수밖에 없다. 하지만 사람은 아무데서나 잠을 자서는 안 된다. 깨끗한 사람이라면 더더욱 그래서는 안 된다. 그러고 보면 내게는 비겁하지 말아야 하고, 치사하지 말아야 한다, 거짓 없이 정직하고 바르게 살아야 한다는 학교 때 교장선생님의 목사님 같은 소리, 그 소리가 여전히 몸에 박혀 있는 거다.

"난 힘 안 들이고 나쁜 놈과 야합해서 편히 살려는 생각은 이제껏 한번도 해 본 적 없다. 지금도 죽었다 깨어나도 그런 짓은 못 할 거다. 안 그러냐. 오연아?"

"그건 그렇지. 내가 네 맘을 몰라서 이러는 건 아니다. 나도 네가 무슨 생각을 하고 있는지도 알고 있다. 신촌 내 자취방에서라든가, 정동진에 갔을 적에도 넌 조금도 변하지 않았다는 것을 알았고, 네가 손녀 땜에 단번에 담배를 끊었다는 소릴 들었을 적에는 또다시 놀랐다는 거 아니냐. 네 맘 벌써 알고 있으니까 네 맘대로 해라. 내가 이래라저래라 할 처지도 아니지만 말야."

"그래. 내가 할 말이 바로 그거였는데 네가 모두 말해 버리니 할 말이 없어졌다. 그래도 규환이 덕분에 널 다시 만났으니, 우리 규환이와 셋이서 한번 만나자. 아니면 규환이하고 우리 집에 같이 와도 상관없다. 내 아내도 규환이가 우리 개봉동 시절에 집에 와서 하룻밤 자고 간 적이 있으니까 뭐라 하지 않을 거다."

"알았어. 난 네가 더 섭섭한 말을 할까 봐 조금 겁을 내고 있었는데 그 정도면 내 너 봐준다. 규환이하고 한번 너 사는 것 보러갈 테니까 마음의 준비나 잘하고 있어라."

오연이와 나는 말없이 자동차에 오른다. 자동차는 붕~ 소리를 내면서 내가 살고 있는 은행동을 향해 미끄러운 길을 천천히 달려나간다. 깨끗하고도 성실하게 살기란 참 어렵고도 어려운 일인가 보다.

56

올해가 다 가는 12월 25일. 아내가 작은아들 영석일 낳은 날. 우리는 크리스마스를 아이들과 함께 교회에서 지내고, 아내 김유정과 나는 우리들의 결혼 50주년, 금혼을 기념하기 위해 해외여행을 떠나기로 했다.

로마를 거쳐 스위스 취리히로 가는 '좋은 세상 만들기'라는 여행상품의 티켓을 작은며느리에게서 받았다고 큰아들 근석이는 로마에 도착하면 뜯어보라고 작은 선물꾸러미를 내 주머니에 넣어주었다.

그렇게 꿈과 희망의 새해를 맞이했다. 우리 부부는 유럽행 비행기를 타기 위해 신천동 가스공사 앞에서 공항리무진 버스에 올랐다. 아내는 외국여행이 처음이라 그런지 약간 흥분한 것 같았다. 말수도 줄었고, 그저 모든 걸 나에게 일임하려는 눈치다.

"걱정하지 말아요. 내 한 번 다녀온 코스니까 부담 가질 것 없고, 그냥 제주에 가는 거라 생각하고 마음 편히 갔다 옵시다."

"알았어요. 내 걱정 말고, 딴 생각이나 말아요. 난 좋으니까."

우리는 인천공항에서 출국심사를 마치고 로마로 가는 비행기에 올랐다.

출발 전 아내는 우리가 집을 떠나 여행이라도 갈 때 가지고 다니던 작은 성경을 핸드백에서 꺼낸다. 이 작은 성경은 아이들이 수학여행이나 어디 먼 곳에 갈 때에도 아내가 아이들에게도 쥐어주던 거다. 아내는 작은 성경을 펴더니 노란 매직펜으로 줄을 친 부분을 읽어 내려간다.

항상 기뻐하라
쉬지 말고 기도하라
범사에 감사하라

우리를 태운 비행기는 우랄산맥을 넘고 있다. 기내의 화면이 시속 970km/h 고도 12,000m 기체 밖의 온도-50℃라고 표시되더니 화면이 바뀌면서 출발지에서 도착지까지의 항로가 표시된 지도가 나타난다. 상트페테르부르크, 몰타, 마드리드, 로마, 부다페스트, 헬싱키, 파리, 런던, 스톡홀름, 트리폴리, 아테네, 취리히며 나폴리 등지의 도시들이 한눈에 들어온다. 나는 자그마한 기창 밖으로 눈을 돌린다. 한낮의 밝고 푸른 하늘에 강렬한 햇빛과 흰 융단을 깐 듯 새털구름이 보잉 747의 기체를 가볍게 띄우고 있다. 눈을 감았던 아내가 눈을 뜨더니 앞뒤를 살피면서 입을 연다.

"우리가 이렇게 돈을 많이 쓰면서 외국여행을 해도 되는 건지 모르겠네요. 영석이도 돈 쓸데가 많을 텐데."

"걱정도 팔자요. 빚내서 주는 거요? 오랫동안 모아 온 것이라 하잖소."

"괜히 우리 땜에 싸움질이나 하는 거는 아닌지 모르겠네. 우리에게 주면 장모에게도 똑같이 해야 할 것 아니요?"

"그렇겠죠. 당신이 가르친 공평한 처사가 아니겠소. 걱정하지 맙시다. 로마에 가려면 한참 걸릴 텐데, 모든 것 다 잊고 잠이나 한잠 자 봐요.

우리가 기분 좋아야 아이들도 기뻐할 거요. 아무 걱정 말고 신혼여행처럼 다녀옵시다. 감사한 마음으로."

내가 먼저 눈을 감고 자는 체한다. 아내보다도 사실은 내가 더 걱정스러운지도 모른다. 외국 여행을 하려면 적어도 영어 한두 마디는 해야 하는데 영어 실력도 별로니 말이다. 아내는 대꾸하지 않는다. 그러더니 자려는지 눈을 감는다.

얼마의 시간이 흘렀을까. 아내가 눈을 뜨더니 앞뒤를 둘러보면서 입을 연다.

"나 단잠 잤네. 신경을 너무 써서 고단했었나 봐요. 아니 이 큰 비행기에 자리가 많이 비었네. 전에도 그랬어요?"

"아니, 그땐 빈자리가 없었어. 성수기라 그랬겠지. 요즘은 성수기는 아니지만 경기가 너무 안 좋은 징표겠지."

"조금은 미안한 생각이 드네. 이 어려운 세상에 우리만 여행을 하는 것 같아서 말이오."

"왜 마음이 편치 않아요?"

"아니요. 그냥 그렇다는 거지요. 해외여행도 한 번은 갔다 와야 할 말도 있고, 잘 갔다 옵시다. 다시 내릴 수는 없는 노릇 아니겠어요."

나는 아내가 읽었던 작은 성경을 아내의 손에서 받아 안주머니에 넣으면서 아내의 손을 잡는다. 따뜻하다. 아내는 가만히 있다.

"내 눈에만 그렇게 보이는지 당신은 아직 노인 같지 않고 예쁘오."

"여보. 뒤에서 누가 들어요. 그냥 그렇게 사는 날까지 싸움이나 하지 말고 삽시다. 우리들이 싸우면 애들이 따라 싸움질을 해요.

나이를 먹으나 젊으나 아이들은 어른들이 하는 대로 따르는 것이랍니다."

작은 기창에 아내의 아름다운 얼굴이 비친다. 나는 전에 로마로 가는 비행기에서 지은 나의 시를 떠올린다.

눈을 뜨고 당신을 그립니다
새털구름에 맺히는
당신을 그립니다

해맑은 얼굴 초록의 마음씨

눈을 감고 당신을 그립니다
눈치를 보며 찌들은 세월
주름진 얼굴 하얀 머리카락

눈을 꼭 감고 당신을 그립니다
저어 푸른 하늘에서

나 땜에 울고 계신
마리아님 같은 당신을 그립니다

57

“무슨 생각을 하고 계실까. 여보.”

아내가 조용한 목소리로 나의 명상을 깨운다. 나는 남의 대화를 몰래 듣다가 들키기라도 한 듯 작은 놀람의 동작으로 아내에게 고개를 돌린다.

“당신 생각, 아이들 생각, 앞으로의 생각들이요.”

“아이들 걱정은 할 필요가 없어요. 아이들은 너무도 잘하고 있잖아요. 이제 걱정은 건강이어요. 애들에게 걱정 근심 주지 말고 아프지 말고 살다가 가는 게 상책이어요. 알았지요?”

“네에, 잘 알았습니다. 김유정 여사님!”

“그래요. 당신은 이제껏 날 공짜로 데리고 살았어요. 뭐 아들을 낳으면 다이야 반지 해준다고 펑펑 큰소리를 치더니 어디 약속 지켰어요. 금가락지도 안 해 주고 이제껏 공짜로 살구선 무슨 여사님, 좋아하시네요.”

우리가 이야기를 하는 동안에도 비행기는 시속 970km/h의 속력을 유지하면서 날아가 10시간여 만에 중간 기착지인 취리히 공항에 착륙을 한다. 그리고 1시간 반 정도 되었을까 비행기는 로마를 향해 다시 이륙을 한다. 기창 밖은 서서히 어두워간다. 구름은 지는 해가 아쉬웠는지 석양을 붉게 물들여버린다. 우리가 탄 비행기는 곧 안정고도를 잡는다. 안내화면은 베니스, 밀라노, 베네치아, 나폴리 등 이태리 반도의 아름다운 도시와 마피아의 시칠리아 섬과 고도 로마를 표시한다. 그곳 시간으로 저녁 8시경, 우리는 로마공항 즉 레오나르도다빈치공항에 안착한다.

여행사에서 따라온 가이드의 안내로 우리는 공항 가까이에 있는 SG호텔이라는 곳에 여장을 풀었다. 자그마한 인공호수를 가운데 두고 넓은 잔디밭에 띄엄띄엄 단층의 방갈로식으로 연이어 지은 작은 마을 같은 아름다운 호텔이었다. 아내와 나는 12호실에 배정받았다. 객실 내부는 서오릉의 카페 '산새들'처럼 나무로 천정까지 장식을 하였고, 화장실을 겸한 욕실은 타일과 물기에 강한 플라스틱으로 되어 있다. 침실에는 더블침대와 라운드테이블에 등나무 의자가 두 개 놓여 있었다. 들어올 때 현관 옆으로 소화기가 한 대 세워져 있는 것을 보았는데, 방안에는 그것 대신 천정에 측벽식 스프링쿨러 헤드가 이쪽저쪽 두 개나 붙어 있었다. 북쪽 벽에 쳐진 커튼을 젖히니 대형 유리창 너머로 잔디와 나무들이 서 있는 정원이 펼쳐지면서 가스등 같은 등

불이 군데군데 어우러져 잔디의 색이 더욱 고와 보였다.

"어머나 참으로 보기 좋다."

아내가 열린 커튼 너머 밖을 내다보면서 환호한다. 장시간 동안 비행기의 엔진소리와 기압, 흔들림에 긴장했던 것을 일순에 해소시킬 수 있는 풍경이었다. 불빛을 받으며 서 있는 나무와 잔디며 흙냄새 등이 편안함을 주었다.

나는 화장실에 들어가 여기저기 둘러보았다. 청소는 깨끗이 되어 있는지, 더운물은 잘 나오는지 수도꼭지를 틀어보았다. 찬물이며 더운물은 잘 나왔고 배수도 잘되었다. 목욕 수건도 깨끗한 것으로 두 장씩 준비되어 있었다. 화장실에서 나온 나는 침실 등나무 의자에 앉아 밖을 보고 있는 아내에게 다가갔다.

"씻지 않을래요?"

"조금만 있다가 씻을래요. 아니면 당신이 먼저 씻든지요."

밖을 보고 있던 아내가 고개를 들어 나를 보면서 작은 소리로 대답한다.

"그래요. 내가 먼저 씻으면서 깨끗이 해 놓을게. 정돈은 잘 되었는데 청손 좀 그렇더라고요."

"그럼 당신이 먼저 해요. 내 세면도구 줄 테니까요."

그리고 아내는 일어서 여행 가방을 열어 비누와 수건을 하나 꺼내준다.

아내의 손이 집에서와는 다르게 익숙하지 못하고 둔하게 더듬거린다.

"왜 더듬거려요. 비누만 줘요. 비누도 있는데 그거 조끄매 가지고 우리 것으로 쓰는 게 좋아요."

"그럼. 아예 이것도 가지고 들어가요."

아내가 잠옷을 내밀었다. 새로 산 새것으로 포장만 벗긴 남자용 잠옷이었다. 평소와는 다르게 아내의 행동이 어색했다. 신혼여행이라도 온 새색시 같은 부끄러움이 묻어 있었다.

"잠옷 색깔 좋다. 아예 한 벌 더 사지 그랬어요."

"왜요. 한 벌만 사는 데도 값이 얼만데요. 이거 좋은 거예요."

"알아요. 한 벌은 우리가 늘 말하던 수의로 했음 좋겠다는 거지요."

"여보. 이 좋은 곳까지 와서 수의라니요. 얼른 씻기나 해요."

아내는 기분 좋은 생각을 하고 있다가 수의라는 말에 꿈을 깨듯 정신이 번쩍 드는 모양이다. 나의 등을 떠밀다시피 해 욕실로 들여보낸다. 나는 잠옷과 비누를 받아들고 욕실 안으로 들어간다. '수의'라는 말을 하지 않았으면 아내가 꿈에서 깨지 않았을 텐데 그 말은 괜히 한 것 같았다.

나는 여행에 지친 몸을 비누로 범벅을 하여 씻었다. 그러면서 샤워기로 물과 비누로 욕실 청소를 했다. 얼마의 시간이 흘렀을까 욕실의 문을 노크하는 소리가 들린다.

"아직 멀었어요? 대충하지."

"알았어. 바로 나갈게요."

나는 서두른다. 세면기를 닦아내고 탕 안을 비누질하여 물을 뿌려대느라 시간이 좀 지났나 보다. 하지만 하던 일을 그치고 바로 일어설 수는 없었다. 더운물과 찬물을 섞어 샤워기에서 물이 세게 나오게 하여 욕실 벽면 등 할 것 없이 물을 뿌려대고 나서야 그 일을 끝냈다. 그러고 욕실에 가지런히 놓아진 큰 수건을 집어 들어 물에 젖은 몸을 닦은 후 아내가 내준 잠옷을 입고 밖으로 나왔다. 새신랑이라도 된 기분이었다.

"잠옷이 좋아 그런지 당신 새신랑 같다. 잠옷 참 잘 골랐다."

"그렇게 좋아요?"

'그럼요. 모두가 새것 같아 깨끗하니 좋지 않아요?"

"그래요. 나도 깨끗이 씻고 나올게요."

아내는 잠옷과 집에서 가지고 온 수건을 하나 들고 욕실 안으로 들어간다. 나는 아내가 열어 놓은 가방 속을 뒤져 큰아들 근석이가 준 선물을 찾아낸다. 백화점 포장지로 잘 싼 물건이었다. 나는 약간 떨리는 손으로 포장지를 푼다. 반지상자 같았다. 뚜껑을 열었다. 크지는 않았지만 다이야가 박힌 다이야반지가 나왔다. 와아~ 나는 저 깊은 마음속에서부터 떨림이 왔다. 아이들이 아내의 행복어린 투정을 기억했나 보다. 착한 아이들.

기쁨이 넘쳤다. 나는 아내가 욕실에서 나오기를 말없이 조용히 기다렸다.

뜨거운 물로 씻어서인지 얼굴이 벌개진 아내가 욕실에서 나온다. 아내의 잠옷은 신부의 옷처럼 연분홍색이다. 나는 아내에게로 다가가 아내의 왼쪽 손가락을 잡았다. 그러고는 근석이가 선물로 준 다이아반지를 끼웠다. 아내가 깜짝 놀라며 내 얼굴을 잠시보다 이내 손에 끼워진 반지를 뚫어져라 하고 바라본다. "어머, 이거 진짜 같은데?"

"속고만 살았나. 이거 진짜요. 보증서도 여기 있어요."

58

침대에 누우니 몸이 무거워지면서 잠이 스르르 온다. 욕실을 청소하느라 힘을 빼기도 했지만, 큰 약속을 지켜낸 후에 오는 행복감에서라고나 할까. 어찌됐든 애들 말로 기분이 째졌다. 그렇게 얼마를 지났을까 나는 잠에서 깼다. 아내가 내 곁에 바싹 붙어 누워서 반지를 낀 손을 내 가슴 위에 놓고 눈을 떼지 않고 들여다보고 있었다.

"나 깊은 잠 들었었나봐."

"곤히 자기에 깨우지 않았어요."

"반지 좋아요? 아들 덕에 나 약속 지켰어요. 이제 반지 타령은 안 하기요."

"어찌됐든 이거 진짜 다이아지요? 참 좋다. 땡큐 소소 마치다."

아내의 기분이 째진다. 나는 아내 손을 꼭 잡은 채 아내 가슴 위에 올려놓는다. 아내의 심장소리가 나의 손을 통하여 전해져 온다. 예전처럼 힘차게 뛰고 있는 것 같지는 않았다. 그저 새근새근 뛰고 있었다. 50년 동안 고생 많았소. 나는 조용히 눈을 감고 잠을 청한다. 아내가 무슨 생각이 났는지 자리에서 일어난다. 비행기에서 읽었던 작은 성경을 내 상의 주머니에서 꺼내와 내 가슴 위에 올려놓는다. 아내가 내게 가끔 하는 짓이다. 나는 편안한 잠속으로 빠져든다.

59

아침식사는 7시 반부터 호텔식당에서 뷔페식으로 한다고 했다. 우리는 손을 잡고 식당으로 향했다. 아내는 손가락에 낀 다이아반지에 온통 신경을 쓰고 있어서 나는 반지를 끼지 않은 다른 손을 잡았다. 꽤 서둘렀는데도 어느 사이 줄이 길게 서 있었다. 우리는 서두르지 않고 편안한 마음으로 줄을 따라 식단으로 가 각자 구미에 당기는 음식을 접시에 담아서 한적한 곳을 찾아 마주 앉았다.

"고기를 좀 많이 가져오지 그랬어요."

아내가 빈약한 나의 접시를 들여다보고 입을 연다.

"아냐. 난 충분하고 좋은데, 부족하면 한 번 더 가져다 먹지 뭐."

"그래요. 배가 고픈 것 같으면서도 입맛은 안 땡기네."

아내의 접시를 보니 나와 같은 것들이다. 우리는 마주 앉아 보면서 편안히 음식을 든다.

"조금 먹었는데도 배가 부르네. 기분이 떠서 그런가."

"나도 그래요. 조금 있음 또 점심때가 되는데, 배가 고프면 그때 또 먹으면 되니까 억지로 많이 먹을 필요는 없어요. 커피 한잔 하면 딱 좋겠네."

그리고 우리는 커피를 든다. 다른 사람들도 우리와 비슷한 식성인 것 같다. 아직 여독이 풀리지 않아서였는지도 모른다. 그들의 접시에도 음식이 많이 담겨져 있지 않았다. 떠나기 전 가이드에게 받은 교육 때문인지도 모른다. 가이드는 식사 때에는 조금씩 여러 번 먹는 게 좋다고 했다.

"우리 오늘은 어디로 가요?"

"일정표엔 있을 텐데, 아마 로마시내 관광일 거야. 로마에 와서 로마시내를 못 보고서야 관광이라고 할 수 있겠어. 그다음은 나폴리로 해서 폼페이까지 갈 거예요. 그 코스 상품이니까, 그럴 것 같은데."

"폼페이까지 가요?"

"아니, 폼페이는 내일일 거요."

화려한 꿈 뒤엔 재앙이 있다는 역사적 사실을 증명해 준다는 의미에서도 오늘은 호화로웠던 로마시내를 구경하고 폼페이는 아마 내일로 잡은 것인지도 모를 일이다.

"폼페이가 환락의 도시였다고 하던데요. 그래요?"

"거기 가 보면 알겠지만 화려한 놀음 뒤엔 재앙이 있다는 사실을 확실히 알게 될게요. 쾌락이라는 건 순간에 지나지 않는 거고, 아름다운 건 스위슬 가야 느껴요. 자연, 자연같이 만드는 그 생활들이 얼마나 좋은지."

우리는 커피를 마신 후 다시 숙소로 돌아온다. 낮에는 로마 시내 관광을 나설 거니까 간단한 짐만 챙겨 가지고 다시 정해진 시간에 모여 여행사에서 빌린 버스에 나누어 타면 저절로 로마고 나폴리고 폼페이를 보게 된다. 시간은 발이 없어도 스스로 흘러간다.

60

아침 9시. 자그만 버스 세 대가 호텔 앞 도로에서 우리를 기다리고 있었다. 우리는 숙소 호실 번호에 따라 나뉘어 버스에 오른다. 버스는 로마시내를 향하여 출발했다. 가이드는 차내 마이크로 로마의 역사와 지리적 환경을 설명했다. 나는 녹취록 방식이 아니라 주요 요점만을 적었다. 오랜 나의 습관이었다.

로마 중심을 흐르는 강은 테베레 강이다. 그런데 강물은 시커멓게 죽어 있었다. 어언 3천 년을 흘렀으니 깨끗할 수는 없을 테지만 이 강물을 살리지 않으면 로마는 서서히 죽어갈 것이다.

버스는 돌다리를 건너 무솔리니 별장, 대규모 목욕탕이었던 카라칼라도 지난다. 그리고 테르미니역도 지난다. 테르미니역은 세계에서 가장 크고, 기차로 연결되는 세계 어느 곳이든 갈 수 있는 역이란다. 버스는 약간씩 덜컹거린다. 로마시가지의 도로는 작고 검은 돌기둥을 보도블록처럼 땅에 깊게 박아 깔아서 만들었기 때문에 세월이 흐르는 동안 빗물의 침식작용과 수 없이 돌아가는 자동차의 타이어의 마찰로 인하여 평평하지 않게 되었다. 버스는 일방통행로를 따라 바티칸을 향해 달린다. 로마시내를 한 바퀴 돈 셈이다. 원형경기장 콜로세움, 베네치아궁전, 임마누엘2세의 다리, 미카엘 천사의 상을 바라보면서 성 베드로 성당 근처에서 버스는 멈추었다. 우리는 걸어서 성 베드로 성당으로 발길을 뗀다. 가이드는 광장 중앙에 높이 서 있는 오벨리스크 탑을 바라보면서 그 탑을 중심으로 트랙의 길이는 600m이고, 네로 황제가 로마를 불태웠을 적에도 유일하게 남은 곳이라고 설명한다. 나는 성당 안에 있는 여러 장의 그림을 스마트폰에 담는다. 철문에 조각된 그림들, 곳곳에 장식된 성화들. 아내를 혼자 둔 채 찍어야 했다. 아내와 함께 찍으려면 남의 손을 빌리거나 셀카봉이 필요한데 미처 준비해 오지 못했다. 그래서 그냥 화면을 앞으로 하여 멀리 배경을 넣고 한두어 장 찍는 수밖에 없었다. 우리는 베드로의 무덤으로 내려가는 길목에서 가톨릭의 신자들처럼 성호를 긋지 않고 머리를 숙여 두 손을 모아 말 없는 기도를 드렸다.

바티칸을 나온 우리는 걸어서 나보나 광장, 판테논 신전, 코로나 광장으로 갔다. 로마는 이야기가 많았다. 가이드가 쉴 사이 없이 하는 설명을 듣느라 아내와 이야기할 사이도 없다. 우리 가이드가 앞장서 걸으며 설명하는 동안 사진을 찍으면서 로마시내를 활보한다. 배가 고파 올 때쯤 우리는 로마시내 음식점에서 이태리 국수인 스파게티를 먹었다. 그곳에서 아내가 말문을 열었다.

"3천 년 전에 이런 도시가 만들어졌다니 대단한 거예요. 우리나라 궁궐은 여기 비하면 너무 단순하지요?"

"단순한 게 좋은 점도 있지만, 역사를 보전하여 돈을 벌어들인다는 게 더 훌륭한 일이 아니겠어. 세계 각국에서 매일같이 여기 와서 돈을 떨구고 가니 그게 좋은 거지요."

"그러게요. 우리도 사찰하고 궁궐을 좀 잘해놓고 국가적으로 정책을 잘 세워나가면 좋은 상품 안 될까요?"

"왜 안 되겠어. 맨날 권력 다툼이나 하느라 어느 세월에. 한심한 노릇들이지 생각해 보면 로마도 별 것 아닌데."

"누가 아니래요."

우리는 점심을 먹은 후 스페인 광장으로 발길을 옮긴다. 그곳은 젊은 남녀, 집시들이 휴식을 취하는 계단이다. 나는 아내를 그들 틈에 넣고 카메라의 셔터를 터치한다.

아내가 같이 한 장 찍자고 하여 나는 우리 곁에 있는 젊은 청년에게 스마트폰을 넘겨 우리 둘의 얼굴을 또 담는다. 가이드는 우리를 베네트 거리와 트레비 샘으로 데리고 간다. 영화 '로마의 휴일'에서 여주인공이 동전을 던지며 아름다운 사랑을 빌던

곳, 바로 그곳에 아내를 놓고 나는 스마트폰에 또 담는다. 추운 겨울인데도 사람들이 많았다. 로마에는 광장도 많고, 궁전도 많고, 언덕도 많았다. 우리는 해가 서산에 기울 때 다시 SG호텔로 돌아왔다. 오래 걸어서 모두들 피곤해 했다.

61

로마에서 두 번째 날 일정은 예전처럼 고속도로를 따라 로마에서 약 200km 떨어진 나폴리와 폼페이를 관광하는 것이다. 로마의 고속도로는 우리나라의 고속도로보다 좁고 평탄하지 않지만 도로 주변의 농촌의 초지와 수로 둑길에 서 있는 이태리 소나무의 풍경이 마치 로마시대의 전차를 타고 달려가는 영화 속의 그림 같아 나의 눈길을 끈다. 버스 안의 스피커에선 '오 쏠레 미오'가 흐르더니 그 곡이 끝나면서 갑자기 우리나라 노래가 튀어나온다. '남행열차', '여행을 떠나요' 그리고 인순이의 '거위의 꿈'이 나오더니 또 푸치니의 오페라 토스카 중에서 '노래에 살고 사랑에 살고'가 흐르는 게 아닌가.

나폴리로 향하는 버스는 비키니 수영복의 발상지인 비키니 해안도 지나친다. 나폴리항과 가까워지면서 차량들이 밀리고 밀려 고속도로에서도 달려가지 못하고 마치 주차장처럼 서다 가다를 반복하였다. 그러다가 나폴리항은 버스 창문을 통해 바라보는 것으로 만족해야 했다. 나폴리항을 그렇게 지나치면서 우측으로 소렌토를 지나치고 폼페이로 접어들었다. 버스는 고고학관이 바라다 보이는 입구에서 멈추어 섰다. 우리는 걸어서 마리나 문을 통하여 오른쪽 베레네 신전, 법정 역할을 했던 바실리카, 왼쪽으로 아폴로 신전을 지나 주피터 신전, 비극 시인의 집, 목신의 집, 베티의 집 등을 거쳐 다시 내려간다. 폼페이는 사치, 낭비, 술과 여자 그리고 방탕 뒤에 오는 재앙을 이미 오래 전에 인간에게 보여주었다.

인간들은 예로부터 신의 위대한 능력을 흉내 내 보려고 권력을 키워 온갖 나쁜 짓을 다 했는데 아이러니하게도 그 후손들은 그런 유물들을 가지고 힘 안 들이고도 큰돈을 벌어드리고 있다. 아내가 신기한 듯 묻는다.

"신이 이 지구상에 살긴 살았나 봐요. 그 오래 전에 수레가 있었고, 수도관이 설치됐으며 꿀과 와인 술병, 목욕탕에 냄비도 있었으니 말예요."

"로마신화나 그리스신화를 보면 그런 것도 같고. 하지만 말이야. 제아무리 신이라 할지라도 인간인 여자에게는 약했다고 보는데, 안 그래요?"

"그건 아주 예쁜 여자를 두고 하는 말이지, 신이 나 같은 여잘 거들떠보기나 했겠어요."

"무슨 소리요. 신이 있었다면 당신 그냥 안 뒀을 거요."

"징그러워요."

아내는 부끄러워한다. 신도 신이지만 나 아닌 다른 남자는 아니라는 얘기다.

"여보. 우린 참 좋은 시대에 태어났나 보오. 당신도 봤지. 호텔에 태극기가 걸려 있는 것 말이요?"

"한국에서 우리만 관광을 왔겠어요. 얼마나 많이들 왔기에 이태리에 태극기를 걸었겠어요."

"어느새 호텔에 태극기 달린 걸 보았담?"

"도착하는 날 밤에 보았지요. 낯선 곳에 왔는데도 눈에 딱 띄는데 그거 신기하더라고요. 생각해 보니 다 장삿속에서 한 거겠지만요."

"그래요. 우리나라 사람들 대단한 사람들이지. 스위스에 가도 걸려 있어요. 롤렉스시겔 얼마나 많이들 사가기에 200개국도 넘는 세계에서 네 번째 안에 든다는 거 아니겠어요. 국기대가 네 개밖에 없는데, 그 중에 태극기가 걸려 있더라고."

"이러다가 우리나라에도 화산이 터지는 게 아닐까요?"

62

로마에 온 지 셋째 날. 우리는 주어진 일정에 맞추어 숙소인 SG호텔을 떠나야 했다. 버스는 예정시간 전에 호텔 밖에서 우리를 기다렸다. 짐들을 끌고 나오느라고 사람들의 발걸음은 가볍지 않았다. 로마에서 남은 일정은 카타콤(지하묘지), 카라칼라(목욕탕), 영화 벤허에 나오는 대경기장, 베스타 신전, 손을 넣어 진실하지 않으면 손이 잘린다는 진실의 입, 그리고 콜로세움이었다. 우리는 콜로세움에서 마음껏 사진을 찍은 후 인근 거리로 나왔다.

"한국 돈 이천 원이요. 코리아 넘버 원. 코리아 넘버 원!"

거리의 상인들이 우리를 알아보고 우리말로 호객행위를 한다. 내가 전에 왔을 때에는 '한국 돈 천 원이요' 하고들 떠들어대었다. 세월이 돈의 가치를 갉아 먹었나 보다. 아내가 신기한 듯 장사꾼들을 바라보면서 말을 한다.

"아까. 진실의 입이라는데 손을 넣고는 겁이 났었어요."

"왜? 손이 잘릴까봐?"

"그래요."

우리는 그렇게 로마의 이곳저곳을 보면서 마지막으로 콜로세움 주변을 걸었다. 주변 여기저기에 서 있는 이태리 소나무가 무척 인상적이었다. 그리고 카타콤의 무덤에서 가이드는 성녀 세실리아의 순교 이야기를 들려주었다. 그 슬픈 이야기를 마음에 담고 이태리를 떠나야 한다.

이제는 맑고 아름다운 스위스로 간다.

로마여 안녕!

63

로마 일정을 모두 마친 우리는 로마근교의 레오나르도다빈치 공항을 이륙한다. 공항을 이륙한 지 1시간 조금 넘었을까 우리는 스위스의 비경을 내려다보면서 취리히 공항(클로텐)에 안착했다.

복잡한 공항을 나오니 밖에 '벤츠' 마크가 붙은 버스가 우리를 기다리고 있었다. 우리가 버스에 오르자 가이드는 웃음으로 우리를 맞이하면서 입을 연다.

"이곳 취리히는 리마트강이 중심으로 흐르는 스위스 제일의 도시로 상공업, 금융업, 문화와 예술의 중심입니다. 그리고 2000년 이상의 유서 깊은 도시입니다."

가이드는 이어서 취리히의 역사와 지리적 요소, 가볼 만한 곳 등을 열심히 설명을 한다. 가이드가 그렇게 떠드는 동안 버스는 눈 덮인 스위스의 깨끗한 길을 따라 1시간쯤 달렸다. 그러고는 취리히 중심가에 있는 한국음식점 '고려정'이라는 곳에 우리를 내려놓았다. 우리는 줄을 서서 주르르 안으로 들어선다. 한복을 입은 여인들이 우리를 반갑게 맞이했다. 아내가 먼저 입을 연다.

“어머, 외국에서 보는 한복은 참 멋있다.”

“우리의 여자 한복은 세계에서 제일이지.”

“그러게 말에요. 외국에서 우리나라 사람 만나니까 정말 반갑고 기분이 좋네요.”

우리는 오랜만에 김치찌개며 잡채 등을 먹었다. 한복을 입은 우리나라 여인들의 서비스를 받으며 맛있게 음식을 든 후 취리히 교외에 있는 MD호텔이라는 곳에 여장을 풀었다. 해가 서산에 걸려 있었다. 하늘은 맑고 푸르고 높았다. 나는 로마에서처럼 화장실을 둘러보면서 흥얼거린다. 해바라기의 노래다.

모두가 사랑이에요
사랑하는 사람도 많고요
사랑해 주는 사람도 많았어요
모두가 사랑이에요

마음이 넓어지고 예뻐질 것 같아요
이것이 행복이란 걸 난 알아요.
이젠 사랑할 수 있어요

입속으로 흥얼거리며 나는 화장실 이곳저곳을 닦았다. 깨끗해야 한다. 그리고 항상 '깨끗한 사람'이어야 한다.

아내는 나보다 더 깨끗한 살림살이를 해왔다. 50년을 털고 닦고, 빨며 살아왔다. 아이들의 운동화도 흙 묻을 사이 없이 열심히 빨았다. 그렇게 아내는 삶에서도 깨끗함을 유지해왔다. 아내는 어제보다 오늘 기분이 좋은 듯 보였다. 스위스에 오면서 더 기분이 좋은 것 같았다. 환한 얼굴은 그것을 말해주고도 넘쳤다.

64

다음날 아침. 우리는 일정대로 일찍 일어나 호텔에서 식사를 하였다. 식단은 어제처럼 뷔페식이었다. 그런데 스위스 호텔에는 고기는 물론 산딸기, 머루, 다래, 포도, 복숭아, 살구 등 산에서 나는 과일이 즐비하였다. 나와 아내는 과일을 접시에 담으면서 먹기도 전에 침을 먼저 삼켰다. 과일을 좋아하는 아내의 입은 조금 벌어졌다.

"겨울인데도 없는 과일이 없네. 그래도 고기도 좀 먹어야지요."

"그래요. 고기를 많이 먹어야 산엘 오르지요. 많이 먹어요."

"그래요. 난 과일을 많이 담을게, 당신은 고기를 많이 담아요."

우리 일행은 티틀리스를 오르기 위해 엥겔베르크를 향해 버스를 출발시킨다. 우리를 태운 버스가 티틀리스에 가까워질수록 산세가 높아진다. 버스는 루체른 외곽을 지나 남쪽으로 30여 분간 달리더니 엥겔베르크역 바로 옆 티틀리스 매표소 앞에 정차한다. 매표소에서 티틀리스에 오르려면 콘돌라 리프트를 타고 트뤼프제까지 가서 다시 케이블카를 타야 했다. 스위스의 이 케이블카는 세계 최초의 회전식이라고 가이드는 자랑하듯 설명을 한다. 아내와 나는 운 좋게도 태극기가 그려진 리프트를 타게 되었다. 리프트에서 바라다 보이는 파란 하늘 아래 흰 눈으로 쌓인 스위스 시골 풍경은 그야말로 천상낙원을 보는 것 같았다.

"야아~ 천국 같다. 더 할 말 없네요."

아내가 탄성을 지른다.

"지난번엔 여름이어서 푸른 초원을 보았는데 그때에도 좋더니만 눈 덮인 풍경이 더 좋은 것 같네."

"아아~. 좋다."

아내와 나는 경치에 눌려 아예 입을 닫아버린다. 말이 필요 없다. 드디어 케이블카와 바꿔 타는 곳 트뤼프제에 도착을 한다. 케이블카는 가이드의 말대로 가만히 서 있어도 통째로 돌아가 360도 방향을 두루 보면서 올라갈 수 있었다.

65

우리는 드디어 3,238m의 정상이 바로 보이는 티틀리스 산장에 오른다.

산장의 작은 마당 흰 눈 위에 가지각색의 옷을 입은 인간들의 무리가 산 아래 세상을 내려다보고 있었다. 나는 아내와 그들 속에 섞여 들어갔다. 나이는 들었지만 다른 사람들이 하는 대로 눈 위에서 굴러 본다. 아무것도 묻어나는 것이 없다. 소리를 지르고도 싶었으나 가슴부터 기분이 시원해져 왔고 그럴 필요가 없다는 생각이 들었다. 가이드는 우리를 얼음동굴로 안내했다. 아내가 미끄러운지 나의 손을 잡았다. 얼음 동굴을 지나 휴게실이 있는 곳으로 나와 찬바람을 맞으며 일광욕을 즐긴 후 우리는 레스토랑 안으로 들어갔다.

창가에 자리를 잡고 밖을 바라보니 맑고 푸른 하늘과 맞닿은 백색의 천연설의 산봉우리가 각양각색의 옷을 입은 각국의 여행자들과 잘 어울렸다. 이들과 함께 마치 천국에라도 오른 듯 어떠한 욕심도 일지 않는다. 밖에는 쌀쌀한 바람이 산 아래로 몰아쳐 간다. 아내가 입을 열었다.

"정말 좋다. 당신 오리털 점퍼도 정말 좋아 보인다."

"내 것만 좋을까. 당신 노란 오리털 점퍼도 좋고, 그 선글라스도 맞춤이네. 참 좋다. 멋지다."

"그렇게 좋아요?"

"노란점퍼에 선글라스 쓴 당신 얼굴이야말로 한국형 비너스 같다."

나는 아내의 손을 이끌고 밖으로 나갔다. 그러고는 아내의 얼굴을 이렇게 저렇게 찍어 스마트폰 속에 담는다. 먼지 하나 티끌 하나 없는 바람이 불어왔다. 분명 찬바람이었지만 왠지 춥지가 않다. 비할 데 없이 깨끗하다고 생각하니 오히려 청량하게 느껴졌다. 그 바람이 이따금씩 나의 몸을 밀었지만 나는 이제 더 갈 곳이 없었다. 나는 저 아래에 사람들이 살고 있는 평화스런 마을을 또 바라본다. 아내가 미소 지으며 내 앞으로 다가왔다. 마치 50년 전에 하얀 드레스를 입고 웨딩마치에 맞추어 걸어오던 것처럼 아름답다.

"우리 하나 찍어 달랩시다. 나만 찍으니까 좀 싱겁다. 셀카봉을 하나 살 걸 그랬지."

나는 스마트폰을 우리에게서 제일 가까운 젊은이에게 주면서 사진 한 장을 부탁한다. 젊은이는 곁에 젊은 여인과 같이 있다가 나의 스마트폰을 받아든다. 둘 다 한국 젊은이들이었다.

"참으로 좋아 보이세요. 어르신은 정말 멋지시고 사모님도 정말 아름다우세요."

우리는 고맙다는 인사를 젊은이에게 보낸다. 젊은이는 웃으면서 우리 곁을 떠난다. 저쪽 하늘은 푸르고, 흰 눈으로 덮인 이쪽 산봉우리는 너무도 희다. 계곡에서 시원한 바람이 불어온다. 아내의 행복한 얼굴이 내게로 점점 더 가까이 다가오고, 맑은 물이 마을로 흐른다. 맑은 물은 얼음 속에서 콧노래를 부르며 흐른다. 한 폭의 그림이다. 그 그림 속에서 아내가 나에게 손짓을 한다. 아름다운 여인. 까만 눈동자의 여인이 하얀 드레스를 입고 나를 향하여 걸어오고 있다. 여인은 천천히 내 앞에 선다. 나는 눈을 감은 채로 손을 모아 큰소리로 외쳤다.

"하나님! 감사합니다. 감사합니다."

아내가 나의 외침에 응답을 한다.

"당신을 사랑합니다. 당신을 사랑합니다."

나의 목소리는 하얀 눈 위에 그려지고, 아내의 목소리는 설원의 바람을 타고 맑은 하늘을 향해 메아리치고 퍼져 나간다.

나는 아내의 음성에 깨어난 듯 그만 눈을 뜬다.

너무도 하얀 눈빛 때문에 나의 몸뚱이가 아내의 음성에 따라 술에 취한 듯 흔들거린다.

나는 그만 눈 위로 미끄러졌다. 아내가 나를 향해 손을 내밀었다. 나는 아내의 손을 잡아 일어선다. 그때 베토벤의 교향곡 9번 합창 '환희'가 울려 퍼졌다. 나는 중학교 때 서준수 선생님이 가르쳐주신 가사 말로 따라 부른다. 그렇게 해서 아내와 나의 대합창이 시작된다.

찬양하라 노래하라 창조주의 영광을
뻗어나는 초목들은 쉬지 않고 자란다.
봄비 맞아 새 싹트는 나무순을 보려마
햇빛 받아 웃음 지는 꽃봉오리 보려마

천사처럼 하얀 드레스를 입은 아내가 나의 품으로 안겨왔다. 나는 아내를 꼭 끌어안았다. 구경꾼들은 모두 박수를 치면서 대합창으로 에워싸며 다가온다. 하늘 위에선 따뜻한 햇살이 흰 구름 사이로 방긋이 웃으면서 우리의 금혼을 물끄러미 내려다본다.

기뻐하며 경배하세 영광의 주 하나님
주 앞에서 우리 마음 피어나는 꽃 같아
죄와 슬픔 사라지고 의심 구름 걷히니
변함없는 기쁨의 주 밝은 빛을 주시네

장엄한 오케스트라의 연주, 수많은 합창단원들의 대합창이 차오르는 듯하다. 그 소리에 화답하듯 아내가 낀 다이아몬드의 빛이 온 세상으로 퍼져나가는 것처럼 보였다.

반짝~ 반짝~~ 반짝~~~